Friedrich Kaiser

Alte Schulden

Original-Lebensbild mit Gesang und Tanz in drei Akten

Friedrich Kaiser

Alte Schulden
Original-Lebensbild mit Gesang und Tanz in drei Akten

ISBN/EAN: 9783743493513

Hergestellt in Europa, USA, Kanada, Australien, Japan

Cover: Foto ©Andreas Hilbeck / pixelio.de

Weitere Bücher finden Sie auf **www.hansebooks.com**

Wiener Theater-Repertoir.

184ᵗᵉ Lieferung.
Preis 60 Neukreuzer oder 12 Sgr.

Alte Schulden.

Original-Lebensbild mit Gesang und Tanz in drei Acten

von **Friedrich Kaiser**.

Musik vom Capellmeister J. Brandl.

Den Bühnen gegenüber als Manuscript gedruckt.

Wien, 1867.
Verlag der Wallishausser'schen Buchhandlung (Josef Klemm),
Stadt, hoher Markt 1, gegenüber dem Salvagnihof.

Wiener Theater-Repertoir.

1. Lieferung: **Rothe Haare.** — **Das Pamphlet.** Zwei Lustspiele von M. A. Grandjean. Zweite Auflage. 7½ Sgr. oder 35 Nkr.
2. — **Heimlich.** Lustspiel in 1 Akt, von Grandjean. 7½ Sgr. oder 35 Nkr.
3. — **Die geheime Mission.** Lustspiel in 3 Akten, von M. A Grandjean. 7½ Sgr. oder 35 Nkr.
4. — **Eine arme Schneiderfamilie.** Traumgemälde mit Gesang, Tanz und Tableaur in 3 Abtheilung., von Josef E. Böhm. 8 Sgr. oder 40 Nkr.
5. — **Doktor und Friseur,** oder: **Die Sucht nach Abentevern.** Posse mit Gesang, in 2 Akten, von Fried. Kaiser. 7½ Sgr. oder 35 Nkr.
6. — **Der Pelzpalatin und der Kachelofen, oder: Der Jahrmarkt zu Rautenbrunn,** Posse mit Gesang in 3 Akten, von Friedrich Hopp. 10 Sgr. ob. 50 Nkr.
7. — **Der Mentor,** Lustspiel in 1 Akt, nach dem Franz. frei bearbeitet von J. W. Lembert. Zweite Auflage. 7½ Sgr. oder 35 Nkr.
8. — **Der Freund und die Krone.** Romantisches Schauspiel in 4 Akten, von J. W. Lembert. Neue Auflage. 10 Sgr. oder 50 Nkr.
9. — **Zum ersten Male im Theater.** Posse in 1 Akt, von Friedrich Kaiser. Zweite Auflage. 7½ Sgr. oder 35 Ngr.
10. — **Der Gang ins Irrenhaus.** Lustspiel in 1 Akt, nach dem Französischen von Herzenskron. Zweite Auflage. 7½ Sgr. oder 35 Nkr.
11. — **Donna Diana.** Lustspiel in 3 Akten, nach dem Spanischen des Moreto von C. A. West. Vierte Auflage. 12 Sgr. oder 60 Nkr.
12. — **Müller und Schiffmeister.** Posse mit Gesang in 2 Akten, v. Friedrich Kaiser. 10 Sgr. ob. 50 Nkr.
13. — **Die Tochter des Kapitains.** Schauspiel in 3 Akten, nach dem Französischen von Col. Gartner. 7½ Sgr. oder 35 Nkr.
14. — **König und Aebtissin.** Trauerspiel in 3 Akten nebst 1 Vorspiele, v. Al. Patuzzi. 8 Sgr. ob. 40 Nkr.
15. — **Alle Mittel gelten.** Lustspiel in 1 Akt nach Scribe, von L. Julius. 7½ Sgr. oder 35 Nkr.
16. — **Eine Jugendsünde.** Lustspiel in 1 Akt, frei nach dem Französischen von L. Julius. — **Georgi.** Posse in 1 Akt, v. L. Julius. 7½ Sgr. ob. 35 Ngr.
17. — **Olga.** Lustspiel in 1 Akte, frei nach dem Französischen von L. Julius. 7½ Sgr. oder 35 Nkr.
18. — **Zwei Pistolen,** oder: **Erschossen und lebendig.** Posse mit Gesang in 2 Akten, von Friedrich Kaiser. 10 Sgr. oder 50 Nkr.
19. — **Der Bräutigam ohne Braut.** Lustspiel in 1 Akt, von Herzenskron. 7½ Sgr. oder 35 Nkr.
20. — **Ein Mädchen ist's und nicht ein Knabe.** Lustspiel in 1 Akt nach dem Französischen, v. Herzenskron. Zweite Auflage. 7½ Sgr. ob. 35 Nkr.
21. — **Elias Regenwurm, oder: Die Verlobung auf der Parforcejagd.** Posse mit Gesang in 2 Akten, von Friedrich Hopp. 12 Sgr. oder 60 Nkr.
22. — **Hoang-Puff.** Posse in 1 Akt, n. d. Franz. von Herzenskron. Zweite Aufl. 7½ Sgr. ob. 35 Nkr.
23. — **Der Kuss an den Ueberbringer.** Lustspiel in 1 Akt nach d. Französischen, Scribe v. Herzenskron. Zweite Auflage. 7½ Sgr. ob. 35 Nkr.
24. — **Das Häuschen in der Aue.** Lustspiel in 1 Akt, nach dem Franz. frei bearbeitet von Herzenskron. Zweite Auflage. 7½ Sgr. oder 35 Nkr.
25. — **Die Nebenbuhler.** Lustspiel in 5 Akten, nach Sheridan's „Rivals" von J. E. Hanker. 10 Sgr. 50 Nkr.
26. — **Onkel Tom.** Amerikanisches Zeitgemälde mit Gesang und Tanz in 3 Abtheilungen nebst einem Vorspiele, nach Stowe's Roman: „Onkel Tom's Hütte," v. Therese Megerle. 10 Sgr. oder 50 Nkr.
27. — **Ein alter Corporal.** Charakter-Gemälde in 5 Akten, von Carl Juin und P. J. Reinhard. Theilweise nach Dumanoir. 10 Sgr. oder 50 Nkr.
28. — **Servus, Herr Stutzer!** Posse in 1 Akt, von Juin und Flerr. 7½ Sgr. oder 35 Nkr.
29. Lief. **Die Ehre des Hauses.** Drama in 5 Akten, von Carl Juin und P. J. Reinhard. Nach Battu und Desoignes. 10 Sgr. oder 50 Nkr.
30. — **Die Obsthändlerin des Königs.** Drama in 3 Akten und einem Vorspiele unter dem Titel: **Der Wasserträger von Paris.** Nach dem Franz. frei bearb. v. Therese Megerle. 8 Sgr. oder 40 Nkr.
31. — **Gervinus, der Narr vom Untersberg,** Posse mit Gesang in 3 Akten v. A. Berla. 8 Sgr. ob. 40 Nkr.
32. — **Eulenspiegel,** oder **Schabernack über Schabernack.** Posse mit Gesang in 4 Akten, v. J. Nestroy. Dritte Auflage. 10 Sgr. oder 50 Nkr.
33. — **Hempel, Krempel und Stempel.** Posse in 1 Akt. Frei n. b. Engl. v. K. Graefer. 7½ Sgr. ob. 35 Nkr.
34. — **Wahn und Wahnsinn.** Schauspiel in 4 Akten, nach Melesville's: **Elle est folle** bearb. v. Lembert. Zweite Auflage. 8 Sgr. oder 40 Nkr.
35. — **Ein Florentiner-Strohhut, oder: Fatalitäten an dem Verlobungstage.** Posse mit Gesang in 3 Akten, von Carl Juin und L. Flerr. 8 Sgr. oder 40 Nkr.
36. — **Ein neuer Monte-Christo.** Original-Charakterbild in 3 Akten v. Fried. Kaiser. 12 Sgr. ob. 60 Nkr.
37. — **Die schöne Fiakerin.** Lokaler Schwank mit Gesang und Tanz in 3 Akten. Nach einer älteren Kringleiner'schen Posse, frei bearbeitet von A. E. Nasse. 8 Sgr. oder 40 Nkr.
38. — **Eine reife Melone.** Schwank in 1 Akt von Doyle Bernard's Platonic attachements, non K. Graejer. 7½ Sgr. ob. 35 Nkr.
39. — **Der Arzt wider Willen.** Schwank in 2 Akten, frei n. Molière, v. K. Graejer. 7½ Sgr. ob. 35 Nkr.
40. — **Am Clavier.** Lustspiel in 1 Akt. Nach dem Französischen frei bearbeitet von M. A. Grandjean. Zweite Auflage. 7½ Sgr. oder 35 Nkr.
41. — **All zu toll.** Fastnachtsposse in 1 Akt. Frei nach dem Engl. K. v. Graefer. 7½ Sgr. ob. 35 Nkr.
42. — **Die Geldfrage.** Lustspiel in 5 Aufzügen, von Alexander Dumas' Sohn, deutsch von P. J. Reinhard. 12 Sgr. oder 60 Nkr.
43. — **Diana de Lys.** Schauspiel in 5 Aufzügen von Alexander Dumas' Sohn, deutsch von P. J. Reinhard. 12 Sgr. oder 60 Nkr.
44. — **Der natürliche Sohn.** Schauspiel in 4 Aufzügen und einem Vorspiel von A. Dumas' Sohn, deutsch von P. Reinhard. 12 Sgr. ob. 60 Nkr.
45. — **Die Dame mit den Camelien.** Schauspiel in 5 Aufzügen von Aler. Dumas' Sohn, deutsch von P. J. Reinhard. 12 Sgr. oder 60 Nkr.
46. — **Ein Hut.** Lustspiel in 1 Akt. Frei nach Mad. Emile de Girardin von M. A. Grandjean. 7½ Sgr. oder 35 Nkr.
47. — **Das hohe C.** Lustspiel in 1 Akt von M. A. Grandjean. Zweite Auflage. 7½ Sgr. oder 35 Nkr.
48. — **Das Concert.** Lustspiel in 1 Akt, von P. M. Tagbofer. 8 Sgr. oder 40 Nkr.
49. — **Ein weiblicher Monte-Christo.** Charakteraus dem Pariser Leben, in 4 Abtheil. u. 5 Akten m. Musik u. Tanz v. Th. Megerle. 12 Sgr. ob. 60 Nkr.
50. — **Ein Mann ohne Herz.** Genrebild in 5 Akten von Al. Fr Pauv. 8 Sgr. oder 40 Nkr.
51. — **Der Roman eines armen jungen Mannes.** Schauspiel in 5 Aufzügen und 4 Tableaux. Nach Octave Feuillet, von E. Juin n. P. J. Reinhard. 12 Sgr. oder 60 Nkr.
52. — **Im Dorf.** Ländliches Charaktergemälde mit Gesang und Tanz in 3 Abtheilungen von Therese Megerle. 8 Sgr. oder 40 Nkr.
53. — **Ueberall Diebe.** Original-Schwank in 1 Akt von E. J. Stir. 7½ Sgr. oder 35 Nkr.
54. — **Ein Rekrut von 1859.** Volksstück mit Gesang in 3 Abth. von O. F Berg. 12 Sgr. ob. 60 Nkr.
55. — **Der böse Geist Lumpacivagabundus, oder: Das liederliche Kleeblatt** Zauberposse mit Gesang in 3 Aufzügen von Joh. Nestroy. Dritte Auflage. 12 Sgr. oder 60 Nkr.

Den Bühnen gegenüber als Manuscript gedruckt und auf rechtmäßigem Wege nur zu beziehen durch **Eduard Mellin**, Magdalenenstraße Nr. 24.

Alte Schulden.

Original-Lebensbild mit Gesang und Tanz in drei Acten

von

Friedrich Kaiser.

Musik vom Kapellmeister J. Brandl.

(Im k. k. priv. Theater in der Josephstadt zuerst mit glänzendem Erfolge gegeben.)

Personen:

Fürst Holdstein.
Victor Tanner, pensionirter Förster.
Francisca, seine Frau.
Ambros, Dorfpfarrer, \
Niklas, fürstl. Beamter, } deren Söhne.
Berthold, /
Mathilde, Niklas' Frau.
Rosa, \ deren Kinder.
Franz, /
Cordula, Schulmeisterswitwe und Haushälterin bei Ambros.
Philippine, Ambros' Pflegetochter.
Frau von Stahlberg, Gewerksbesitzerin.
Sabine.

Rundlich, Bezirksarzt.
Hanold, Bürgermeister.
Grauberg, Schulmeister.
Peter, ein alter Jägerbursche.
Kilian, Knecht.
Frohmann, Förster.
Vroni, \
Lisi, } Bauernmädchen.
Nani, /
Lorenz, \
Martin, } Bauernburschen.
Goldhahn, \ Wucherer.
Menzinger, /
Schmiedhannes, Wirth.

Erster Act.

(Garten vor dem Pfarrhause in Stillenbach; seitwärts rechts das einstöckige Gebäude, links eine Laube, in welcher ein Tisch und Stühle stehen, quer über die Bühne zieht sich eine Mauer, in deren Mitte sich ein breites, anfangs noch geschlossenes Einfahrtsthor und neben diesem eine kleinere offenstehende Thür befinden. Den gänzlichen Hintergrund bildet eine freundliche Landschaft.)

Erste Scene.

Corbula, Kilian, Lorenz, Max, Broni, Lisi, Nani, mehrere Bauern und Bäuerinnen (sämmtlich mit Körben).

Corbula (eine Frau über fünfzig Jahre alt, aber rüstig und rührig, sorgfältig nett gekleidet, eine weiße Schürze umgebunden, an welcher ein Schlüsselbund hängt, steht in der Mitte der Bühne). Alle Uebrigen (rings um sie, ihr die mitgebrachten und die folgenden angegebenen Gegenstände gleichsam aufdringend, und Alle fast zugleich sprechend).

Martin (einen Rehbock von der Schulter nehmend) Das Rehböckel schickt der Herr Förster!

Lorenz (auf ein auf einem Schubkarren befindliches Fäßchen weisend). Das Eimerl Vierunddreißiger vom Rebhammer —

Broni. D'Mutter schickt die zwei g'schoppten Gäns' —

Lisi (auf ihren Korb weisend). 's schönste Obst aus'n Herrschaftgarten —

Nani. Die zwei Körb' Eier müssen's auch nehmen!

Corb. (welche sich der Andringenden kaum erwehren kann). Aber liebe Leut'! das ist ja Alles z'viel! — Fast aus jedem Haus im Ort werden Präsenter g'schickt — ich weiß fast gar nicht mehr, wo ich Alles unterbringen soll!

Kilian. Die Gäst' vom Herrn Pfarrer werden's schon unterbringen! — Nur z'erst Alles sieden und braten!

Corb. O Gott! kocht wird schon seit zwei Tagen!

Kilian. Das muß ja heut' ein Essen werden, so gut, wie's die Engel im Himmel nur alle Sonn- und Feiertag' kriegen!

Corb. Es werden ja so viel Leut' erwart't, daß's in die Zimmer gar kein' Platz haben, 's müssen im Garten Tisch und Bänk' aufg'schlagen werden! (Gegen Himmel sehend.) Na — schön wird's wohl bleiben — 's ist ka Wölkerl am Himmel z'sehen!

Kilian. Der Himmel hätt' ja auch gar kein' Platz für a Wölkerl!

Corb. Warum nicht?

Kilian. Weil er heut' voller Geigen hängt! Ha ha ha!

Corb. Ja, unser hochwürdiger Herr ist wohl selten bei schlechtem Humor, aber so seelenvergnügt wie heut' hab' ich ihn noch nie g'seh'n!

Kilian. 'S muß aber auch für ihn, als Sohn, a Freud' sein, daß ihm seine Eltern so g'rathen sein.

Corb. Und 's ganze Ort nimmt Theil an seiner Freud'!

Nani. An fremder Freud' theilz'nehmen ist ka Kunst — der hochwürdige Herr nimmt aber Theil an jedem fremden Leid, und hilft, wo er kann.

Lorenz. Und b'rum thut's auch allen Leuten völlig wohl, daß's auch einmal a G'legenheit finden, ihr' Dankbarkeit z'zeigen. (Zu Corbula.) Also nehmen's nur Alles in Empfang!

Corb. Na — ich weiß, daß ich die Geber nur kränket, wann ich was z'ruckweiset, also tragt's nur Alles in b'Speiskammer, und stärkt's Euch mit ein'm Glaserl Wein für eure Müh'! Kommt's nur! (Ab ins Haus.)

Alle Uebrigen (folgen ihr).

Zweite Scene.

Berthold (ein Mann nahe an vierzig Jahre, Wangen und Kinn von einem Vollbarte bedeckt, einen mit Wachsleinwand überzogenen Hut auf dem Kopfe, eine Zwilchblouse am Leibe, ein leichtes Ränzel auf dem Rücken und einen Knotenstock in der Hand, tritt durch die kleine Thür der Gartenmauer ein).

Lied.

A Wand'rer geht Nachts durch ein'm stockfinstern Wald,
Er pfeift und er singt laut, daß's um und um schallt,

Man glaubet, er wär' Gott weiß wie
couragirt,
Derweil er vor Angst schon sein Herz fast
verliert! —
Denn g'rab weil's so schaurig und entrisch
sein thut,
So macht durch laut's Schreien sich selber
er Muth!
Aber heißt denn das g'sungen? — Ah na!
gar ka Red'!
A Lied' ist nur das, was vom Herzen
ein'm geht!

G'rab so geht's auch mir, nur in anderer
Weis' —
Ich lach' und mach' G'spaß — jetzt am Ziel
von der Reis' —
Und wer mich so sieht, der verschwöret sei'
Seel',
Ich wär' recht a lustiger Kerl — kreuz-
fidel!
Derweil ist mir so, daß mir's Herz brechen
könnt' —
Ich zwing' mich zum Lachen, denn sonst —
sonst wurd' g'flennt!
Aber ist denn das g'lacht? — Ah beileib'! —
gar ka Red'!
A trauriger Spaß, der vom Herzen nit
geht!

(Er sieht sich rings um — fährt mit der Hand
über die Augen, dann sich gewaltsam beherrschend).
Nimm Dich z'samm! Alles dahier lacht
Dir ja so freundlich entgegen, also antwort'
auch mit ein' Lachen d'rauf! Der Mensch
hat ja nicht nur die Sprach', um seine
Gedanken zu verbergen, sondern auch Lachen
und Lächeln, hinter dem sich, wie hinter
einer spanischen Wand, die conträrsten Em-
pfindungen verstecken lassen. Das ist ja sein
Vorzug vor den Thieren. Von denen kann
keines lachen, warum? weil, wie die Thiere
erschaffen worden sein, die Menschen noch
nicht auf der Welt waren, über was hätten
denn dann die Thiere lachen sollen? — Ja
— der Mensch kann lachen — und doch
gibt's unter den gegenwärtigen Verhältnissen

so wenige, die wirklich lachen können —
eben deswegen wollen sie durch a u b're zum
Lachen gereizt werden, und eben deswegen
wurd' jetzt ein recht spaßiger Bajazzo überall
leichter Eintritt finden, als wenn sich alle
sieben Weisen Griechenlands zugleich an-
melden ließen! — Ja, bei den Griechen
waren die Weisen noch zu zählen — auf
mehr als sieben haben's es nit gebracht,
bei uns aber werden alle Jahr auf den ver-
schiedenen Universitäten so viele Doctoren
der Wissenschaften ausgebacken, daß's gar
nicht mehr zum Zählen sein, aber die echten
Spaßmacher werden schon so selten, daß
manche Regierung gern eine ganze Akademie
der Wissenschaften dafür hergebet, wenn's
ein recht lustigen Narren findet, der das
Volk in den Stand setzet, so recht vom Herzen lachen zu können! Auf diese Ansicht hab'
ich meinen ganzen Operationsplan begrün-
det! Also die Gesichtsmaske ausgebügelt,
daß kein Falterl von Ernst zu sehen ist —
was von Spaß und Humor in mir steckt,
herausgepreßt, und den Platz mit der Hanns-
wurst-Pritschen erobert! Corraggio Bajazzo!
(Will gegen das Haus.)

Dritte Scene.

Berthold — Cordula.

Cord. (tritt eben wieder aus dem Hause —
erblickt Berthold — erstaunt, für sich). Wer ist
denn das? (Mißt ihn mit mißtrauischen Blicken
vom Kopfe bis zu den Füßen.)
Berth. Fünf Schuh — drei Zoll!
Cord. Was wollt's damit sagen?
Berth. Na, ich sag's Ihnen lieber gleich,
wie hoch ich bin, damit Sie nicht erst zu
messen brauchen!
Cord. Nach eurem Maß frag' ich nicht!
Berth. Das ist g'scheidt, sonst hätt' ich
mich erst cimentiren lassen müssen!
Cord. Aber ich will wissen, was Ihr
dahier sucht?
Berth. (sie rasch an der Hand fassend, in
schaurigem Tone). Die Leichen der Gemor-
deten.

Corb. (entsetzt) Gott im Himmel!
Berth. Läugnen Sie nicht! Wie ich an den Kuchelfenstern dieses Hauses vorbeigangen bin, hab' ich Ihre Opfer gerochen! Gans'ln — Anteln — Hendeln — Kalbsschlägel und anderes Geflügel, was unter Ihrer Hand gefallen ist!
Corb. (ihre Hand losmachend, unwillig). Ihr seid's ein Narr!
Berth. Nein, dafür sollen Sie mich nicht halten! — Sie sollen mich nicht umsonst bei der Nase geführt haben!
Corb. Ich — Euch!
Berth. Ja — ich geb immer meiner Nasen, und meine Nasen dem Bratelg'ruch nach — Sie sind die Erzeugerin dieses Geruches — Sie haben mich also dadurch bei der Nasen da hereingeführt, und Sie wären eine herzlose Colette, wenn Sie nach solchen Anreizungen meine Wünsche nicht erfüllen wollten!
Corb. Ja, glaubt's denn, Ihr seid's da hier in ein' Wirthshaus?
Berth. Wenn ich das glaubet, wär' ich nicht hereingangen!
Corb. Und warum nicht?
Berth. Aus demselben Grund, aus welchem verschiedene Mächte nicht aus Kriegführen denken!
Corb. Und der Grund ist —?
Berth. Weil man da hier (zieht seine leeren Säcke heraus) bereits auf den Grund kommen ist!
Corb. So? Ihr habt's also kein Geld, um Euch was z'essen zu kaufen? — Habt's aber a curiose Manier, zu betteln!
Berth. Wer hat denn schon gebettelt? Ha! was ich g'nieß, will ich auch verdienen!
Corb. Verdienen? — Ihr wollt's arbeiten? — Aber was könnt's denn?
Berth. Ich? — ich kann dichten!
Corb. Dichten? — Ist denn das auch ein' Arbeit?
Berth. s'Dichten nicht, aber vom Dichten — leben, das ist schon ein' Arbeit!
Corb. Da könnt's halt so Reim' machen?

Berth. Ja — aber das Ungereimte ist jetzt moderner!
Corb. Nein, nein! Reim' müßten's sein, und auf's heutige Fest müßten's passen!
Berth. (sich gleichgültig stellend). Fest? was denn für a Fest?
Corb. Na seht's, heut' sein's g'rad' fünfzig Jahr', daß die Eltern von unserm Herrn Pfarrer g'heirat' haben.
Berth. Sie feiern also ihre goldene Hochzeit und da hier?
Corb. Ja, an dem nämlichen Altar, an dem's vor fünfzig Jahren copulirt worden sein, wollen sie sich heut' — und von ihrem eigenen Sohn auf's Neue einsegnen lassen!
Berth. Hm'! ein schönes Fest, aber was Wehmüthig's wird's doch auch haben! (Aushohlend.) Die zwei alten Brautleut' — sie sein wohl schon recht schwach und hinfällig?
Corb. Was fallt' Euch ein? — Den alten Herren sollt's nur sehen! Er hat wohl schon seine 75 Jahr', aber noch kräftig ist er und aufrecht wie a Tannenbaum, der noch im Winter unterm Schnee, der auf ihm liegt, seine grün' Zweig' hat!
Berth. (immer lebhafter). Und sei — Frau —?
Corb. Oh! der sieht man ihre 68 Jahr' auch noch nicht an! — So a lieb's, runds Weiberl mit ein' rothbackigen G'sicht — noch allweil rührig — und, sollt's es glauben, sie selber ist d'rauf b'standen, daß nach der Tafel Musik g'macht werden muß, damit sie mit ihrem Alten noch ein Ehrentanz machen kann!
Berth. (vor inniger Freude aufjauchzend.) Bravo! Juhe! Heißa! Trallalala! (Faßt Cordula um die Mitte und dreht sich mit ihr im Kreise herum.)
Cord (sich während des Tanzes heftig sträubend). Aber! seid's närrisch! Laßt's mich aus! (Reißt sich endlich von ihm los.) Was treibt's denn für Unfinn?
Berth. (ausgelassen). Kann nichts dafür! Wann ich was von Tanz und Musik hör', kommt's mir gleich in b'Füß! Und dann

muß ich mich ja auch a bißl warm machen, sonst fallt das Gedicht zu kalt aus!

Cord. Also werd's eins auf die G'legenheit machen können?

Berth. Na ob! Sagen's nur, wie viel Ellen als's haben soll.

Cord. Nein, nein! lang darf's nicht sein!

Berth. Aha! wegen Answendiglernen! Sie wollen's wahrscheinlich declamiren als weißes Mädel?

Cord. Keine Dummheiten! — ich verwend's anders!

Berth. Zu was denn?

Cord. Wißt's, ich hab' a große Torten backen, und auf die möcht' ich's mit zerlassenem Zucker d'raufspritzen!

Berth. Was? — meine Vers? — g'spritzt?! — Was fallt Ihnen ein? Es heißt wohl: „Reim Dich oder ich friß Dich" — aber wann sich was reimt, und nachher doch g'fressen werden sollt', das wär' eine grausame Ungerechtigkeit — bissige Behandlung eines poetischen Erzeugnisses! Das duld' ich nicht! — Aber sagen's mir, ist's denn in der Gegend nicht der Brauch, daß bei Hochzeiten ein eigener Hochzeitbitter dabei ist, der aus'n Stegreif auf d'Brautleut' und d'Gäst' spaßige Reim hersagt?

Cord. Ja, das ist wohl sonst der Brauch, aber bei einer goldenen Hochzeit? Und dann wär's ja auch nothwendig, daß Ihr alle Gäst' und ihre Verhältnisse kennet's!

Berth. Pah! das werd' ich Alles bald heraust haben! Lassen's mich nur bis zur Tafel im Haus, damit ich mir die Leut' a bißl anschau', dann weiß ich schon, mit was ich Jeden auslegen kann!

Cord. (zweifelnd). Das wollt's vom bloßen Anschau'n wissen?

Berth. Warum denn nicht? — Jeder Mensch ist ein Buch, im Lebensdruck erschienen; der eine gut, der andere schlecht auf'glegt, einer auf Papier velin, der and're auf Papier vilain, der eine in Franzband mit Goldschnitt, der andere nur leicht brochirt, aber das G'sicht ist das Titelblatt, was den Inhalt angibt, und wann man's einmal so weit bracht hat, daß man das Titelblatt lesen kann, dann weiß man schon, ob man sich das Buch anschaffen, oder ob man sich's nur a bissel z'leihen nehmen soll!

Cord. (für sich). Hm! der Menschbredt' gar nicht dumm, und ein' G'spaß gebet's! (Laut) Na, so probirt's es halt! —

Ambros' Stimme (noch einerhalb des Hauses). G'schwind! das große Thor aufg'macht!

Cord. (fast erschreckt). Der Herr Pfarrer! — er kommt d'Stiegen herunter!

Berth. Ha! den muß ich mir zuerst recht ins Aug' fassen!

Cord. Na, so bleibt's da! Sagt's, Ihr seid's ein armer Handwerksbursch', dann weiset er Euch g'wiß nicht die Thür! — Aber ich muß jetzt wieder an d' Kocherei! (Eilt hinter das Haus ab.)

Berth. (allein). Ja, ich will ihn — aber er soll vor der Hand mich nicht sehen! (Tritt rasch hinter ein Gebüsch.)

Vierte Scene.

Ambros. Kilian.

Amb. (Im Hausrocke eilt in freudiger Geschäftigkeit aus dem Hause).

Kil. (folgt ihm).

Amb. Ich hab' vom Fenster aus den Wagen, mit dem ich meinen Bruder sammt Familie hab' aus der Stadt abholen lassen, z'ruckkommen sehen! Mach' auf! mach' auf!

Kil. Gleich, gleich, Hochwürden! (Geht zum großen Thore, schiebt den Balken zurück, und öffnet beide Flügel.)
(Man sieht auf der Straße vor dem Thore eine Landkutsche stehen, auf deren Decke und Rückbrett Koffer und Schachteln gepackt sind.)

Fünfte Scene.

Vorige. Niclas. Mathilde. Rosa. Franz, dann ein Knecht.

Ambros. Da fein's schon! (Gibt auf die Kutsche zu und reißt den Schlag derselben auf.) Grüß Gott Alle mit einand'! Na, nur heraus! (Hilft Niclas aus dem Wagen, dann zu Mathilden.) Geben's mir die Hand, Frau Schwägerin! (Hilft ihr ebenfalls.) Und jetzt Ihr, junger Nachwuchs! (Hebt Rosa und Franz heraus, dann fröhlich lachend.) Ha ha ha! Das heiß' ich doch eine ganze Familie herausgeholfen! (Zu Kilian.) Laß den Wagen in die Schupfen fahren, und trage dann das Gepäck in's Haus!

Kilian (ab durch die Einfahrt, der Wagen entfernt sich nach rechts, das Haustor wird von einem Knechte wieder zugemacht).

Ambros (zu den Angekommenen). Und jetzt laßt Euch erst förmlich in meinem Haus' willkommen heißen! (Umarmt Niclas.) Grüß Dich Gott noch einmal und tausendmal — nach so langer Zeit! Hast Dich gar nicht um mich umgeschaut, so lang' ich dahier auf der Pfarr' bin — ich sollt' eigentlich bös' sein!

Niclas (in Allem etwas steif und förmlich). Bruder! Du weißt, meine amtliche Stellung in der Hauptstadt —! Es ist mein Stolz, daß ich seit meiner zwanzigjährigen Dienstzeit noch keine Stunde in meinem Bureau versäumt habe, und nur die heutige ganz außerordentliche Veranlassung bestimmte mich, ein Gesuch um mehrtägigen Urlaub zu unterbreiten!

Ambros. Na, weil Dunnerkeut' da bist, und Sie auch, Frau Schwägerin! (Drückt Mathilden herzlich die Hand.) Und das — (auf Rosa und Franz weisend) seien also eure zwei Kinder, die ich bisher nur aus der brieflichen Beschreibung kenn' —

Niclas (auf Franz weisend). Ja — hier unser Erstgeborener —

Franz. (muthwillig). Der aber, wie Esau, in diesem Augenblicke das Recht seiner Erstgeburt gegen ein gutes Frühstück vertauschen würde!

Niclas (verweisend). Aber Franz!

Ambros (lachend). Ha ha ha! Dafür ist schon g'sorgt! — Und (auf Rosa blickend) das ist also die zweite — die Roserl! Na — gratulir! — ein recht hübsches Dirndl.

Math. (verlegt). Sie ist bereits siebzehn Jahre alt!

Ambros. Also g'rad um ein Jahr jünger als meine Tochter!

Math. } (erstaunt zu- { Ihre } Tochter?!
Niclas. } rückfahrend) { deine }

Ambros. Die Tochter hätt' ich eigentlich sagen sollen! (Zu Niclas). Hab' ich Dir denn nicht geschrieben, wie ich zu der gekommen bin?

Niclas. Nein! — es ist eine sehr frappirende Neuigkeit!

Ambros. Na, so werd' ich's Euch gleich erzählen! Aber vor Allem muß ich fragen, wollt Ihr oben im Haus ein Frühstück einnehmen, oder gleich dahier im Garten?

Math. (gemessen). Die Neugier bestimmt mich, den Garten vorzuziehen, damit wir, ehe wir das Haus betreten, von dessen Bewohnern Kunde erhalten.

Ambros (zum Knechte). So sage der Frau Cordel, sie soll dahier auftragen lassen (auf die Laube weisend), in dem grünen Cabinet, was unser Hergott selber alle Jahr' neu tapezirt!

Knecht (ab ins Haus).

Niclas (zu Ambros). Aber unn erzähle.

Math. (bedenklich). Aber ob eine solche Erzählung in Gegenwart unserer Kinder —

Ambros. Fürchten Sie sich nicht! Meine Wort' sind keine Funken, die für Schindeldächer gefährlich werden könnten! Setzen wir uns nur! (Alle setzen sich in die Laube.)

Sechste Scene.

Vorige. Philippine. Corbula.

Philippine (in einem ländlichen Festanzuge, aber mit vorgebundener Schürze, kömmt, eine Tasse mit Kaffeeservice tragend, aus dem Hause).
Corb. (eine Tasse mit Brod, Butter und Obst tragend, folgt ihr).
Ambros (Philippinen erblickend). Ach, mein Pinerl! (Zu Niclas und Mathilden.) Da habt Ihr gleich die lebendige Titelvignette zu meiner Erzählung!
Math. (Philippine durch die Lorgnette betrachtend). Wie? — diese?
Niclas (zieht seine Brille hervor und sieht durch dieselbe ebenfalls auf Philippinen). Das ist also?
Franz (erhebt sich vom Sitze, Philippinen anstarrend). Donnerwetter!
Phil. (bleibt scheu und ängstlich stehen, leise zu Cordula). Was schauen denn die Leut' mich so an?
Ambros (zu Philippinen). Na — komm' nur näher! — (Auf die Anwesenden weisend.) Mein' Bruder seine Familie!
Phil. (stellt die Tasse auf den Tisch und will Mathilden die Hand küssen).
Math. (ihre Hand rasch zurückziehend). Schon gut! schon gut!
Corb. (stellt ihre Tasse auch auf den Tisch, dann einen Knix machend). Es ist mir eine b'sondere Ehr' — verzeihen's nur, daß ich noch halb in der Kucheltoilette —
Niclas. Hm! wie anders sollte denn eine Köchin —
Corb. (verletzt). Köchin? — Ich muß bitten —
Ambros (begütigend zu Cordula). Na na! Ich hab' vergessen zu sagen, daß Sie die Witwe unseres verstorbenen Schulmeisters sein!
Niclas (kühl). Ah — so! (Zu Cordula) Pardon!
Math. (vornehm zu Cordula). Aber lassen Sie sich in Ihren häuslichen Beschäftigungen nicht stören!

Corb. (für sich). Die tragen b'Nasen a bissel hoch!
Phil. (leise zu Cordula). Geh'n wir, Frau Mutter, denn die Leut' gaffen mich alle so an, daß ich selber nicht mehr weiß, wo ich d'Augen hinthun soll! (Hängt sich an Cordula's Arm und geht mit ihr ins Haus ab.)
Math. Wenn Sie uns also jetzt erzählen wollen —
Ambros. Das ist bald geschehen! — Es sind jetzt fast achtzehn Jahre, daß ich noch spät in einer Winternacht zu einem kranken Holzbauer im Gebirg' gerufen worden bin. — Wie ich wieder nach Haus komm', und das Thor aufsperren will, stoß' ich mit dem Fuß' an einen Korb — gleich darauf hör' ich eine Kinderstimm' — ich leucht' mit meiner Handlaterin' hinunter — richtig! da liegt ein kleines Kind — kaum ein paar Tag alt, sorgfältig in Tücher eingemacht, in dem Korb! — Nun, ich wollt' nicht im später Nacht noch das ganze Dorf alarmiren, und so ist mir nichts Anderes übrig blieben, als den kleinen Passagier im Pfarrhaus ein Nachtlager zu geben!
Niclas. Aber am nächsten Tag hast Du doch gleich eine gerichtliche Anzeige gemacht?
Ambros. Versteht sich! Man ist aber auf keine Spur kommen — ich hätt' daraufwohl das Kind in eine öffentliche Anstalt schaffen lassen können, aber mich hat das arme Geschöpf erbarmt, und der Gedanke, ein menschliches Wesen von seinen ersten Tagen an heranbilden zu können, hat einen Reiz für mich gehabt; ich habe also mit unserem braven Schulmeister und seiner Frau ein Uebereinkommen getroffen, bei denen ist sie unter meiner Ueberwachung erzogen worden, bis vor ein paar Jahren der Mann gestorben ist, da hab' ich seiner Witwe den Antrag gemacht, meine Wirthschaft zu führen, und sie ist mit unserer gemeinsamen Pflegetochter hieher übersiedelt!
Math. Aber nun ist das Mädchen doch bereits groß und stark genug, um in einen Dienst —

Ambros. In einen Dienst? — Die Pinerl?! — So lang ich leb', nicht, — und nach meinem Tod' soll sie das auch nicht nöthig haben!

Niclas (aufstehend, etwas spitz). Du bist so großmüthig gegen das — Findelkind, daß ich mir wohl erlauben darf, Dir auch die Zukunft meiner Kinder an's Herz zu legen!

Ambros (rasch aufstehend). So reb', was kann ich für die thun?

Niclas. Ich wünsche dieß mit Dir allein zu besprechen! (Gibt Mathilde einen Wink.)

Math. Wir müssen ohnehin noch an unsre Toilette — die Koffer wurden in's Haus getragen —

Ambros. Und die Frau Gorbel wird Sie gleich in die für Sie bestimmten Zimmer führen! (Begleitet Mathilden bis zur Hausthür.)

Math. (zu Franz und Rosa). Folgt mir!

Franz (für sich). Vielleicht treff' ich eben die hübsche Ziehtochter! (Laut.) Komm', Schwester! (Ab mit Rosa in's Haus.)

Ambros (zu Niclas zurückkehrend). Also — was hast denn für ein Anliegen?

Niclas. Du weißt, daß unser Vater einiges Vermögen besitzt — nun — ich wünsche ihm gewiß die längste Lebensdauer — aber sieh, er ist denn doch schon hoch betagt — wenn ihn der Tod überraschte, bevor er testirt hätte —

Ambros. So könnte uns, als seinen Söhnen, doch Niemand die Erbschaft streitig machen!

Niclas. Aber sie würde dann in drei gleiche Theile getheilt!

Ambros. Natürlich, weil drei Söhne da sind!

Niclas (aufgeregter). Ist denn derjenige, welcher eben jetzt nicht hier ist, auch noch zu gleichen Ansprüchen berechtigt? — Hat er nicht schon mehr gekostet, als sein Antheil betragen würde?

Ambros (etwas ungeduldig). Ich hab' das noch nicht ausgerechnet!

Niclas. Du weißt doch, was für Auslagen sein wüstes Leben auf der Akademie verursachte, und dann, nachdem er die technischen Schulen durchlaufen hatte, trieb er sich, statt einen Erwerb zu suchen, jahrelang müßig herum, ließ sich im Sternhaus füttern, machte Schulden über Schulden, die der Alte oft genug bezahlte, bis es ihm endlich doch zu viel wurde, und er dem Unverbesserlichen sein Herz, wie sein Haus verschloß.

Ambros (betrübt vor sich hinsehend). Das war vor mehr als achtzehn Jahren! — In einer Aufwallung von Zorn hat er ihm die Thür gewiesen und gesagt: „Er soll sich nicht mehr hier blicken lassen, als bis er im Stand wär', alle seine Schulden selbst zu bezahlen!" — Er ist wirklich fort. —

Niclas. Und kömmt wohl niemals wieder! und wenn ihm ein Erbtheil zufiele, so würden seine Gläubiger darauf Beschlag legen! — Und deshalb wäre es das Vernünftigste, wenn unser alter Herr gleiche ine Verfügung zu Gunsten von uns Beiden träfe — dazu könntest Du ihn bewegen!

Ambros (zurücktretend). Ich? — ich?

Niclas. Nun ja — Du bist mit dem Vater in stetem Verkehr' — er gibt viel auf deine Worte.

Ambros. Meine Worte können aber nur Worte des Friedens und der Versöhnung sein!

Niclas (entrüstet). Wie? — Versöhnung?! Du wolltest ihm am Ende die Rückkehr möglich machen? Bedenke — die Schande für uns Beide! — Gott, mir graut vor dem Gedanken, daß so ein' Vagabund' mich als Bruder begrüßen —

Siebente Scene.

Vorige. Bertholb.

Berth. (hat indeß den falschen Vollbart abgenommen, tritt aus dem Gebüsche hervor und zwischen Ambros und Niclas, letzteren mit einem spöttischen Lächeln betrachtend).

Niclas (erschreckt zurückprallend). Um Gottes willen!

Ambros (überrascht, doch mit hervorleuchtender Freude). Seh' ich recht? Du — Du hier! Und —

Berth. (ihm rasch in's Wort fallend). Sprich' das Wort nicht aus! Der Herr (auf Niclas weisend) könnt' davon Ohrenschmerzen kriegen!

Niclas (zu Berthold). Ich kann mich noch nicht fassen! — Du magst es — und (auf Bertholds Anzug blickend) in diesem Aufzuge!

Berth. (selbst die schadhaften Stellen seiner Kleidung betrachtend). Du wirst finden, daß ich mich während der Zeit nicht viel verändert hab'!

Niclas (mit Erbitterung). Nein! Du bist, was Du warst, ein —

Berth. „Lump" willst du sagen? Vielleicht weil durch die zerrissenen Aermel meine Ellbogen etwas neugierig in die Welt hinausschauen? Das ist eher ein Beweis, daß ich kein Lump bin, denn die echte Lumperei tragt in der jetzigen Zeit schon so viel ein, daß man sich ein' ganzen Rock kaufen kann!

Ambros (Berthold zu sich wendend). Aber sag' doch — wo warst Du die lange Zeit? Wie ist's Dir gegangen? — woher kommst Du? — was führt Dich daher?

Niclas. Die letzte Frage ist wohl bald beantwortet! — Er wird wieder Geld brauchen, und in Gottes Namen! wenn er verspricht, diesen Ort augenblicklich zu verlassen, so will ich ein Uebriges thun! (Langt nach der Brusttasche.)

Berth. (zu Niclas). Du greifst da in der in Gegend des Herzens? Laß's gut sein! dort hast Du nichts Uebriges! (Sich in Ambros wendend.) Aber ich steh' vor dem Herrn dieses Hauses — wenn Der will, daß ich fortgeh' — so wird's g'schehen!

Ambros (rasch). Nein! nein! so sollst Du nicht fort! Aber (sich ängstlich umsehend) sag' mir nur — hat Dich schon Jemand g'sehen?

Berth. Niemand als die alte Frau Cordel, die Witwe von dem Mann', unter dessen Leitung ich meine erste jugendliche Bildung vernachlässigt hab' — aber ich hab' mich unkenntlich g'macht —

Ambros. Das war gut — zu deiner eigenen Sicherheit! — denn es leben im Ort' noch Leute —

Berth. Meine Gläubiger? — hm! s'ist merkwürdig, was diese Gattung Menschen für ein langes Leben hat!

Niclas. Er scherzt noch! — Wenn Einer von diesen Dich erkennt — von seinen Rechten Gebrauch macht —

Berth. Dann gäb's eine rührende Scene, von welcher ich sehr ergriffen wurd'! — Aber sei ruhig! auch vor den Leuten will ich mich so zeigen, daß mich keiner mehr kennen soll!

Nic. Auf das verlaß' ich mich nicht! (Tritt von ihm weg und zu Ambros, leise.) Bruder! ich erwarte von Dir, daß Du ihn auf gute Art fortbringst! Deine Pflicht ist's, jede Störung des Festes hintanzuhalten! — Es kommen noch Leute aus der Stadt, welche von diesem Bruder noch gar nichts wissen — meine amtliche Stellung könnte sogar gefährdet werden, (laut) und meine Frau, Gott! wenn diese ihn hier sieht, fällt sie in Krämpfe — ich muß nur gleich zu ihr! (Eilt ins Haus ab.)

Berth. (ihm nachrufend). Bitt', meinen Handkuß an die Gnädige! (Dann tief gekränkt.) Das heißt auch „Bruder"!

Amb. (ernst). Daß er Dich nicht mit voller Freud' hat begrüßen können, mußt Du wohl selbst einsehen, denn selbst ich —— Du weißt, ich hab dich trotz deinem Leichtsinn immer lieb gehabt, war oft dein Vertheidiger und Fürsprecher, Du warst ja damals erst über zwanzig Jahre alt, noch ein toller Bursch — aber jetzt —

Berth. Jetzt steh' ich' an der Grenze der Vierziger!

Amb. Und darum solltest Du auch schon als fertiger Mann erscheinen!

Berth. Das muß ich wohl auf jeden Fall, denn, ob ich mir jetzt feste Grundsätz' und eine sichere Existenz erworben hätt' — oder ob ich total heruntergekommen wär' — in beiden Fällen wär' ich — ein fertiger Mann! und doch — doch bin ich noch so ein kindischer Kerl!

Ambros. Was willst damit sagen?

Berth. Na, hör nur! — Ich war zuletzt in Boston —

Ambros. Was? — In Amerika?

Berth. Ja, und straf jetzt alle Komödienschreiber Lügen, denn ich komm' aus Amerika, und — nicht als Millionär! — Aber das ist Nebensach'! genug — ich war in Boston — hab dort bei einem Mechaniker g'arbeit', und mir wenigstens mein Stück Brod verdient — da kommt mir, ungefähr vor einem Monat, eine Zeitung aus Oesterreich in die Händ' — ich les' was von ein' seltenen Fest — (mit steigender Empfindung) les' den Namen von dem Ort — les' die Namen meiner Eltern, die — unterm heutigen Datum dahier ihre goldene Hochzeitfeiern würden, und ich, ich' laß Alles liegen und stehn — bitt' mir von meinem Principal das Reisegeld aus — und fahr' drei Wochen lang übers Meer — um an dem Tag Vater und Mutter zu sehen —

Ambros. Was? — Du bist — nur deswegen — ?

Berth. Ja — wegen einer so kurzen Freund' die weite Reis' — die Auslagen! Der Bruder Niclas würd' das verschwenderisch und Du's vielleicht kindisch finden —

Ambros (überwältigt). Nein — nein! ich find's echt kindlich! Und darum — (breitet seine Arme aus) komm her!

Berth. (stürzt an seine Brust und küßt ihn wiederholt). Da — da bin ich! — wirst Du mich aus dein' Haus fortweisen?

Ambros. Frag' nicht so nug'schickt! Ich Dich fortweisen! — Aber Vorsicht ist nothwendig — wegen der Eltern und — wegen Dir selbst — (sieht gegen den Hintergrund, fast erschreckt). Und da — da kommt just der alte Peter her —

Berth. (ebenfalls hinsehend). Das alte Hausmöbel von unserm Vater? — Halt mit dem will ich eine Costumeprob' halten, wenn der mich nicht erkennt, dann kennt mich kein Mensch im ganzen Ort! Weis' mir nur ein kleines Kammerl an, wo ich mich herrichten kann —

Ambros. Komm' mit! In mein' Haus kann ich Dir nur ein' Winkel geben, in mein' Herzen aber steh'n Dir alle zwei Kammern offen! (Ab mit Berthold ins Haus.)

Achte Scene.

Peter (ein Mann bei sechzig Jahren, in einer grauen Lodenjacke mit grünen Aufschlägen, eine Jagdmütze auf dem Kopfe, unter einem Arme mehrere Cartons, unter dem andern eine Chatouille tragend, tritt vom Hintergrunde auf).

Ich hab mir ein' Beruf erwählt, bei dem man sich außerordentlich conservirt — ich war schon fufzig Jahr' alt, und noch immer „Hundsjung!" — Na, vor zehn Jahren, wie mein Herr pensionirt worden ist, hab' ich auch quittirt, aber mit Beibehaltung des Charakters — und ich erinner' mich noch immer mit Wehmuth an meine vierfüßigen Zöglinge, an die Vorsteh- und Hühnerhund', an die Windspiel' und Dachseln! Ich hab sie nicht nur physisch groß gezogen, sondern auch moralisch herangebildet — hab' sie zur Reinlichkeit ang'halten, denn Reinlichkeit ist das halbe Leben, und Schmutzigkeit die andere Hälfte — ich hab ihnen g'lernt, eine Spur geschickt zu verfolgen — das Wild zu stellen, und Aug' in Aug' ihm gegenüber zu steh'n, während andere, verächtlichere' Hund' nur hinterrucks zu beißen g'wohnt sein. — Bei diesem Unterricht haben die Hund' von mir, und ich hab' wieder so viel von ihnen g'lernt, daß ich mir schon selber vorkomm' wie ein' alter Pudel, der mit sein' Herrn Leid und Freud' theilt und einmal auf seinem Grab hin wird! — Wann's mich nur nicht deshalb auch besteuern — na ja, man will die Treue und Redlichkeit besteuern, weil aber diese Steuer beim Menschengschlecht zu wenig eintraget, war man gezwungen, sie von den Hunden einzucassir'n!

Neunte Scene.

Peter, Ambros, dann Berthold.

Ambros (tritt wieder aus dem Hause). Grüß' Gott, Peter!
Peter. Ah Hochwürden! — Ich bitt', halten mir Hochwürden a bißl die Schachteln — (hält ihm sein Gepäck hin.)
Ambros (nimmt die Schachteln und die Chatouille). Wozu das?
Peter, 's ist nur, damit ich die Kappen abnehmen und Hochwürden die Hand küssen kann! (Thut es.) So — jetzt können 's mir 's schon wieder geben! (Nimmt sein Gepäck wieder.)
Ambros. Narr! Warum stellst die Sachen denn nicht auf den Tisch?
Peter. Darf nicht! Der Herr Förster hat mir ausdrücklich befohlen, die Sachen nicht aus der Hand zu geben, bis Ew. Hochwürden sie selber zur Aufbewahrung übernehmen würden!
Ambros. Aber die Eltern werden doch bald selbst hier sein?
Peter. Ja, wir sein schon vor einer Stund' fortg'fahren, aber wie wir da gegen die Grenz' von der Gemeind' kommen sein, hat der alte Herr vom Weiten die Ehrenpforten aus Tannenreis und die Menge Leut' mit der Musikbanda g'seh'n.
Ambros. Ja, uns're Bauern haben das Jubelpaar festlich empfangen, und im Triumphzug daherbegleiten wollen.
Peter. Das hat aber dem alten Herrn nicht g'fallen. — „So a Spetakel" — hat er g'sagt „passet nicht zu seiner heutigen Stimmung" — und — hat er g'sagt — z'erst soll die Andacht und nachher erst die Lustbarkeit kommen, und b'rum, hat er g'sagt, — wollt er lieber z'Fuß durch den schönen Wald, der früher sein Revier war, geh'n und gleich in b'Kirchen.
Ambros. Ja ja — so kenn' ich meinen Vater — und im Grund hat er Recht!
Peter. 'S wird aber doch nichts nutzen, denn wie ich den Bauern g'sagt hab', daß meine Herrenleut' durch den Wald geh'n, ist gleich der ganze Schwarm auch dorthin, und, geben Hochwürden Acht! sie fangen 's dort ab! (Man hört hinter der Scene aus sehr weiter Entfernung einige Flintenschüsse, Jubelgeschrei und ländliche Musik.)
Ambros (aufhorchend). Was ist —?
Peter. Ha ha! — was hab' ich g'sagt? Sie haben 's schon! Zu was hat jetzt der Herr Förster den Wagen z'rückg'schickt? — Zu was hab' ich z'Fuß das Zeug 's da herschleppen müssen?
Ambros. Was ist denn da drinn?
Peter. Na, wissen Hochwürden, zum Altar will die alte Frau nur in ein' einfachen Brautanzug und mit ein' Kranzel in den Haaren geh'n — aber später, zur Tafel und G'sellschaft, da will der Herr Vater, daß sie was gleichschaut — b'rum hat 's da (auf die Cartons weisend) ein Seidenkleid und Spitzenhäuberl einpackt.

Berth. (wieder durch den falschen Bart entstellt, und im Costume eines Bauers, auf dem Hute buntfärbige Bänder, in der Hand einen langen Stock, an welchem ein großer Blumenstrauß gebunden ist, tritt wieder aus dem Hause, bleibt aber, von den Anwesenden unbeachtet, anfänglich noch im Hintergrunde stehen).

Ambros (zu Peter). Und das (auf die Chatouille weisend) ist die Chatouille, in der sie ihren Schmuck hat?
Peter. Ja — was sie von ihrer Mutter g'erbt und was ihr der Herr Vater so nach und nach zum Präsent g'macht hat! — 's sein schöne Sachen — sogar ein paar Edelsteiner.
Ambros. Sie hat immer ihre Freud' b'ran gehabt, aber getragen hat sie 's sonst nie!
Peter. Na ja — sie ist ja keine so leichte Person, daß sie sich Steiner anhängen müßt — aber heut' muß sie schon dem alten Herrn sein' Willen thun!
Ambros. Na, gib nur Alles her; ich werd' 's indessen in meine eiserne Cassa stellen!

Peter (gibt ihm sein' Gepäck). Dort ist's wohl selbst bei einer Feuersg'fahr sicher, denn eher brennt a Cassier durch, als ein' eiserne Cassa! — Aber deswegen werd' ich mich doch auf die Wach' stellen.

Ambros. Na ja, wenn sich Alles nach der Kirchen begibt — (Man hört die Musik und das Jubeln etwas näher.) Ab! sie nähern sich schon — und ich muß mich erst für den festlichen Empfangrichten — bleib' derweil da — ich werd' Dir ein' Wein zur Stärkung herausschicken — aber wenn der Zug auf'd Haus zukommt, so ruf' mich nur gleich! (Eilt in's Haus ab.)

Peter. Gar so g'schwind werden's noch nicht da sein — die Bauern werden das Brautpaar noch a Weil durch's ganze Dorf umzarren! — Die Leut' wissen ja gar nicht, was' ein' Alles anthun sollen, um ihm zu zeigen, daß' ihn gern haben!

Zehnte Scene.

Vorige. Kilian.

Kilian (kommt, eine Flasche Wein tragend, aus dem Hause, zu Peter). Das g'hört für Euch, Alter! dort steh'n eh' Gläser — (Geht zu dem Tisch in der Laube und stellt die Flasche auf denselben, worauf er sich wieder in's Haus zurückbegibt.)

Peter (folgt ihm zum Tische). Ich laß schön danken — sag' nur, 's wär' Alles zu viel! — (Setzt sich und schenkt sich ein Glas voll.) Aber schön stad abzipfeln werden wir'n doch! (Trinkt.)

Berth. (tritt ebenfalls zum Tische und schenkt sich auch ein Glas voll).

Peter (setzt sein Glas nieder und sieht Berthold erstaunt an). Na, genirt's Euch nicht! Was wollt's denn da?

Berth. Na — 's g'schieht nur, weil Ihr g'sagt habt: „'s ist Alles z'viel!" —

Peter. So? (Für sich.) 's gibt doch noch gute Leut' auf der Welt! Man darf nur a volle Flaschen Wein vor sich haben, so ist

gleich Einer da, der Ei'n hilst! (Laut) Aber mit wem hab' ich denn das Vergnügen —?

Berth. Ich — ich bin für heut' als Spaßmacher aufg'nommen! (Setzt sich.)

Peter. Und deswegen trinkt'ö mein' Wein?

Berth. Ja, ich trink' am liebsten fremde Weine!

Peter. Das ist aber ein schlechter Spaß!

Berth. Werden schon bessre nachkommen! (Trinkt wieder.)

Peter. Na, ich seh', Ihr seid'ö schon im Zug!

Berth. Möht's — Ich muß nur erst Land und Leut' kennen lernen, denn ich bin aus der Fremd'.

Peter O je! wenn ich von den G'spaßmachern aus der Fremd' hör, da hab' ich eh' schon g'nug!

Berth. Ihr könnt's mir da a biß'l an b' Hand geh'n! — Sagt's nur, wird der alte Förster mit seiner Frau heut' allein herüberkommen?

Peter. Na, wer soll denn sonst noch mitkommen?

Berth. Hm! es ist ja, so viel ich g'hört hab', noch a Mahm im Haus — a g'wisse Sabin'.

Peter. Die Sabin'? — noch im Haus? wer hat Euch denn das g'sagt?

Berth. (vom Sitze aufspringend). Ist sie — nicht mehr — im Haus'? Und wo — wo ist sie?

Peter. Da müßt's unsern Herrgott fragen, denn der weiß vermuthlich ihre Adreß'!

Berth. (sich mühsam beherrschend). Aber — seit wann ist sie denn fort? — und warum? — sie — sie soll'ö doch so gut g'habt haben!

Peter. Ja, die alten Leut' haben'ö g'halten wie ein Kind vom Haus — obwohl sie nur eine weitschichtige Verwandte war — und die jungen Leut' — ha ha ha! die haben'ö noch lieber g'habt — b'sonders der Eine von unsere Herr'n Söhn'!

Berth. Welcher? — welcher?

Peter. Hm! man red't nicht gern von ihm! — wißt's, 's ist halt in jeder Familie ein Auswurfl —

Berth. (stürzt ein Glas Wein aus). Hm! hm! —

Peter. Na, verlußt's Euch nicht! — Also der Eine, der hat den Beutel vom Herrn Vater leer, und 's Herz von der Jungfer Madm schwer g'macht! — Er ist fort, und d'rauf ist sie noch a paar Monat' wie a Schatten im Haus h'rumg'schlichen — nachher hat sie aber auf einmal erklärt, sie woll't nicht mehr da bleiben, sondern lieber ein' Dienst in der Stadt suchen!

Berth. Ein Dienst?! — in der Stadt?!

Peter. Na ja — ein bildsauberes Madel war's — so eine kommt ja in der Stadt leicht wo unter! — Und sie muß auch was g'funden haben, was sie getröst' hat, denn sie hat seit der Zeit nichts mehr von sich sehen und hören lassen!

Berth. Sie hat was g'funden, was sie tröst'? (Wieder aufstehend und bitter lachend.) Ha ha ha! ha ha ha!

Peter (sieht ihn erstaunt an). Er lacht? Hab' ich denn so was Spaßig's g'sagt?

Berth. (geht hastig auf und nieder, vor sich hinsprechend). Um so besser! (Drückt die Hand an die Stirne und sieht finster vor sich hin.)

Peter (ihn beobachtend, für sich). Was hat er denn? (Steht auf, laut.) An was denkt's denn?

Berth. An nichts! — Wißt Ihr aber, an was man denkt, wenn man an nichts denkt?

Peter. Na   an was denn?

Berth. (mit innerem Groll vor sich hinsprechend). An die Schwüre eines Frauenzimmers!

(Man hört die Musik und Gejauchze ganz nahe.)

Peter. Hallob! — jetzt sein'b da! (Eilt gegen das Haus und ruft hinein.) Sie kommen! sie kommen! (Zu Berthold.) Stellt's euren Mann, wann's a rechter Hochzeitsbitter sein wollt's! Nur was Lustig's gleich zum Gruß!

Berth. (sich von seinen Gedanken losreißend — aufgeregt). Ja! lustig! Narretheien! Purzelbäum' g'schlagen! Macht's nur Thür' und Fenster auf, daß t' Freud überall ihren Einzug halten kann! (Geht, seinen Hut und Stab schwingend, dem Hauptthore zu.)

Eilfte Scene.

Vorige. Ambros, Mathilde, Niclas, Franz, Rosa, Cordula, Philippine, Kilian, Knechte und Mägde, dann Musiker, Frohmann, Jägerbursche, Victor Tanner, Francisca, Bauern und Bäuerinnen, Goldhahn.

Kilian und mehrere Knechte (eilen zuerst aus dem Hause und öffnen das Hauptthor).

Ambros, Niclas, Math., Rosa, Franz, Corb., Philip. (sämmtlich in Festkleidern und Blumenbouquets in den Händen tragend, kommen aus dem Hause).

Ambros (zu seinen Leuten). Stellt Euch nur Alle da auf — (Ordnet sie.) So — aber laßt die guten Eltern nur zuerst ein wenig zu Athem kommen! (Indeß ist der Brautzug durch das Thor gekommen, zuerst Musiker, dann Frohmann mit den Jägerburschen (sämmtlich in Gala, Blumensträuße auf den Hüten), dann weiße Mädchen mit Blumenguirlanden.)

Berth. (die Eintretenden der Reihe nach begrüßend, absichtlich in recht bäuerischem Dialecte und Recitativ).

Grüß Gott! Musikant'n!
Eng brauch'n wir just heut',
So falsch als's oft spielt's —
Seid's doch ehrliche Leut'!

(Zu den Jägern.)

Jagerleut' — grüß Eng!
Thut's b' Büchsen weggeb'n,
Denn heut' heißt's ja: Alle —
Auch b' Hasen soll'n leb'n!

(Zu den Brautjungfern.)

Brautjungfern a no —
Mit Blumen in b' Haar —
Heut' blühen's, wer weiß —
Sein's nit welk über's Jahr!
Jetzt aber — jetzt!

(In diesem Augenblicke treten Tanner und Franciska durch das Thor ein. Tanner, ein noch stattlicher Mann mit schneeweißem Haar und Schnurrbart, in einem grauen, grünausgeschlagenen Jagdkleide, einen Blumenkranz am rechten Arme; an seinem linken Arme Franciska im ländlichen Festanzuge; auf dem Kopfe einen Myrthenkranz mit silbernen Blüthen, an der Brust einen Blumenstrauß, in der Hand ein Gebetbuch.)

Berthold (dem beim Anblicke des Elternpaares plötzlich die Stimme versagt, wankt, von den mächtigsten Gefühlen ergriffen, einige Schritte zurück; der Stock mit dem Blumenstrauße entsinkt ihm, er drückt beide Hände vor die überströmenden Augen).

Bauern und Bäuerinnen (unter ihnen Goldhahn, folgen tumultuarisch dem Jubelpaare).

Alle Anwesenden (jubeln den eintretenden Hochzeitern entgegen). Vivat! Das Jubelpaar hoch! hoch!

(Eine Fanfare mit Paukenwirbel begleitet den Ruf.)

Ambros (eilt zuerst auf Tanner und Franciska zu, mit inniger Freude). Vater! Mutter! (Küßt Beiden die Hände.)

Niclas (führt seine Frau und Kinder vor, ceremoniell). Theuerste Eltern! gestatten Sie, daß auch wir unsern Gefühlen Worte leihen —

Franc. Rosa und Philippine (sind ebenfalls zu dem Paare geeilt und suchen die Hände der Alten zu küssen).

Peter (die Gruppe betrachtend, gerührt, für sich). Meiner Seel'! ich könnt' vor Freude heulen wie ein alt's Pintscherl! wann ich nur auch hinaufspringen und wedeln durft'!

Berth. (halb abgewendet, für sich). Alle — Alle drängen sich um sie — und nur ich —! (Preßt die Hand krampfhaft an die Brust.)

Franc. (von Gefühlen überstürmt, zu den sie Umringenden). Kinder! Enkeln! ich — mein Gott! (Mit von Thränen erstickter Stimme.) Ich — ich kann nit reden! (Sich die Augen trocknend, leise zu Tanner.) Ich scham' mich fast — vor die vielen Leut'!

Tanner (leise zu Franciska). Taugt mir auch nicht — und ich muß schauen — — (Wendet sich zu den Personen des Zuges, laut.)

Liebe Leut'! Ich weiß, daß Ihr gern Alles aufbietet, um uns den heutigen Tag zu ein' rechten Freuden- und Ehrentag zu machen. Ich und meine Alte — wir danken Euch herzlich — aber ein' Bitt' müßt's mir nicht übel aufnehmen!

Mehrere Bauern. A Bitt'? — Was denn?

Tanner. Ein paar Minuten möchten wir mit unsern Kindern allein sein; ich will mich dann — obwohl's nicht in meiner Absicht war — aber weil's Euch Freud' macht, gern von Euch Allen in b' Kirchen begleiten lassen — will Euch den ganzen Tag anz'hören —. aber jetzt — (auf die Seinigen weisend) bitt' ich Euch — —

Frohm. (vortretend). Ja — ja, Herr Tanner! heut' gilt uns Allen nur euer Willen als Gesetz! (Zu den Personen des Zuges.) Kommt's — wir stellen uns indeß draußen auf der Straßen auf!

(Alle Personen des Zuges entfernen sich wieder durch den Haupteingang.)

Peter. So! und jetzt machen wir 's Thor wieder zu (Es geschieht.)

Berth. (schleicht von den Uebrigen unbemerkt hinter ein neben der Einfahrt befindliches Gebüsch).

Tanner (zu seiner Familie). So! jetzt hab' ich Euch nach so langer Zeit wieder Alle beisammen!

Franc. (mit einem unterdrückten Seufzer, schwermüthig das Haupt schüttelnd). Alle?!

Tanner (dessen Stirn sich etwas verfinstert, den Finger drohend erhebend, zu Franciska). Fanner'l! Ich hoff', Du wirst mir den heutigen Tag durch keine unangenehme Erinnerung verbittern. (Wieder sanfter.) Wir haben uns an den Gedanken gewöhnen müssen, nur mehr zwei Söhn' z'haben — (zwischen Ambros und Niklas tretend) zwei Söhn', die uns Ehr' und Freud' machen — (Euch — (seine beiden Hände über ihre Häupter breitend) geb' ich dafür heut' mein' Segen!

Ambros (bittend). Vater! — und ihm?

Tanner (sehr ernst). Ich hab' ihm nie g'flucht, und — Gott sei vor — daß ich's jemals thät! — (Sich hierauf gleichsam gewaltsam zur Heiterkeit aufflachelnd.) Aber jetzt, fort mit allen trüben Erinnerungen! Daß eine Zeit von fünfzig Jahren nicht ohne Stürme und Wetterschläge vorbeigehen kann, das versteht sich wohl von selber — aber wir Zwei (seinen Arm um Francisca schlingend) waren wie zwei z'samm'g'wachsene Eichen! — Was kommen ist — es hat uns mit einander gerüttelt und geschüttelt, aber aus einand'bringen hat uns nichts können! Dank Dir, mei' Alte! für so viele Lieb' und Treu' und Geduld — und (indem er sie küßt) feuriger mag das Bussel, was ich Dir vor fufzig Jahren geben hab', wohl g'wesen sein — aber — glaub' mir's, inniger war's nicht!

Franc. (an seinem Halse). Mei' lieber — lieber Alter!

Tanner (ihre Wangen mit seinen beiden Händen fassend). Ha ha ha! Schaut's es nur an, mei' Braut! Kann ich nicht noch stolz sein auf sie? Was? Und erst heut' Nachmittag sollt Ihr's sehen, wann sie sich ordentlich aufgedonnert haben wird.

Franc. (etwas verlegen). Aber schau — ich versichere Dich — mir wär's lieber, wann ich so, wie ich jetzt bin —

Tanner. Ich hab' Dir schon gesagt, daß ich davon nicht abgeh'! — Wie wir uns g'heirat't haben — da haben wir alle Zwei noch blutwenig g'habt, und manche Leut' haben b'Achseln d'rüber g'schupft, daß wir doch heiraten — na, jetzt, Gott sei Dank! ist das anders — und ich will, daß Du den Leuten zeigst, daß man's durch ein'n vernünftigen Haushalt auch zu was bringen kann! Du wirst also die Perlenschnur mit der Brillantschließen — —

Berth. (schleicht behutsam nach diesen Worten aus dem Gebüsche hervor und in das Thor des Hauses).

Peter (hat es bemerkt, verräth durch eine Geberde sein Mißtrauen und folgt dem Abgehenden).

Franc. Na — wir reden schon noch d'rüber — —

Tanner. Nichts! — Du sollst werd' ich bös! Das war das erste werthvolle G'schenk, was ich Dir kauft hab', wie Du mir den Erstgebornen (seine Hand auf Ambros' Schultern legend) g'schenkt hast — er war der erste, der uns're Eh' g'segnet hat, und heut' — heut' wird er's wieder segnen, also schon ihm zu Ehren — —

(Lärm und Gepolter vom Hause her.)

Alle Anwesenden (erschreckt gegen das Haus blickend). Um's Himmels willen! — Was ist —?

Peter's Stimme (vom Hause her). Zu Hilf'! Halt's 'n auf — Räuber! — Dieb!

Zwölfte Scene.

Vorige. Berthold, Peter und alle Personen des Zuges.

Berth. (ohne Hut, mit wirren Haaren stürzt aus dem Hause). Fort! fort! — Laßt mich!

Ambros (entsetzt). Gott! (Für sich.) Er!

Tanner (tritt Berthold entgegen und faßt ihn kräftig an der Brust). Halt da! Stehen geblieben!

Berth. (plötzlich wie gelähmt, bleibt mit gesenktem Haupte und schlaff herabhängenden Armen stehen).

Peter (kommt noch schreiend aus dem Hause). Aufhalten! Einbrecher! — (Erblickt Berthold.) Ha! Sie hab'n ihn! (Faßt Berthold mit beiden Armen.) Jetzt kommt er mir nicht mehr aus! Ich häng' mich an ihn wie ein Setzhund — eh' beiß' ich ihm ein Ohrwaschel ab, als ihn losslaß!

(Das breite Einfahrtsthor öffnet sich — Frohmann und alle übrigen Personen des Zuges bringen auf das Geschrei tumultuarisch herein.)

Frohm. und die Jäger. Was gibt's hier? Was ist geschehen?

Peter (zu den Jägern). Packt's ihn — setzt's ihm die Flinten an b'Brust — führt's ihn auf's G'richthaus (er — er hat den

Schmuck von der Frau Försterin stehlen wollen!
(Allgemeine Bewegung.)
Ambros (entsetzt). Der? — Das — das ist nicht möglich!
Peter. Ob's möglich ist, weiß ich nicht — aber wahr ist's — ich hab' den Beweis in Händen! (Hält ein Collier von Perlen mit einer Brillantschließe hoch in die Höhe.) Ist das nicht ein glänzender Beweis?
Franc. (mit freudigem Schreck aufschreiend). Die — die Perlschnur?! — O mein Gott! — wie wird mir? — (Wankt auf Berthold zu.) Mann! Mann! sagt's — wie kommt Ihr dazu?
Peter. Wie er dazu kommen ist? Auf sehr billige Weis — (Mit der Hand Bewegung des Stehlens.)
Franc. (zitternd vor innerer Aufregung). Nein! nein! hier kann er sie nicht gestohlen haben!
Peter. Aber wenn ich's selber g'sehen hab'! — Der Kerl ist mir schon gleich nicht recht richtig vorkommen — aber vorhin seh' ich ihn ins Haus schleichen — denk' ich, was will er? — also nach! — er in die Pfarrkanzlei — denk' ich, was will er dort? — er fangt an an der eisernen Cassa herumz'handeln — ich pack' ihn von rückwärts — seh in seiner Hand die Perlschnur — und jetzt — jetzt hab' ich g'wußt, was er will!
Tanner. Und alles Uebrige wird schon das Gericht herausbringen! (Zu den Jägern.) Führt ihn fort!
Berth. (will den Jägern lautlos folgen).
Franc. (sich ihm in den Weg stellend). Ihr red'ts nicht's? — Ihr laßt Euch unschuldig fortführen?
Die Jäger, Tanner und mehrere Leute (erstaunt). Unschuldig?!
Franc. Ja — ich wiederhol's — er kann den Schmuck nicht gestohlen haben —
Tanner Aber warum nicht?
Franc. Weil — ich muß's sagen — weil — die Perlschnur — gar nicht mehr — in meiner Chatouillen war!

Tanner (auf's Höchste überrascht). Was? die Perlschnur — die ich Dir — Du — Du hättest sie — (faßt Franciska heftig an der Hand) weggeben? — Warum? — zu welchem Zweck'! Red'!
Franc. (am ganzen Körper vor Angst bebend). Ja — ich muß reden — b'Wahrheit reden, und — wann ich wüßt, daß Du mich gleich todtschlagest! — Schaut — wie Du — vor 18 Jahren unsern Sohn — den Berthold — zur Thür hinausg'stoßen hast — da — da hat mich der arme Bursch doch erbarmt, daß er so ohne Kreuzer Geld — hinaus muß in die weite Welt — ich hab' ihm helfen wollen — aber Geld — das weißt — hab' ich nie unter meinen Händen g'habt — da hab' ich ein' Griff in meine Schmuck-Chatouillen g'macht — und da —
Tanner (anfänglich erzürnt scheinend) Da hast Du ohne mein Wissen und Wollen den werthvollen Schmuck — ihm — —
Franc. (die Hände bittend zu ihm erhebend). Wirst mir deswegen harte Wort' geben? — Alter — heute'?!
Tanner. (ungestimmt). Nein, nein! (Sie an sich ziehend.) Du warst ja seine Mutter! — Aber (sich zu Berthold wendend). Wie kommt der Mann — ?
Ambros (zu den Jägern tretend). Laßt ihn los! Ihr hört ja, daß er nicht gestohlen hat.
Die Jäger (treten von Berthold zurück).
Peter. Nein — er hat noch was in die Cassa hineinlegen wollen — so ein' Dieb könnten wir brauchen!
Ambros. (leise zu Berthold). Entdeck' Dich nur jetzt nicht — dort steht der unbarmherzigste Wucherer, der alte Goldhahn —
Berth. (leise). Mein Hauptgläubiger — der ließ mich nicht aus — b'rum fort — (Will fort.)
Franc. (vertritt rasch Berthold den Weg, seine Hand fassend). Nein! nein! ich laß Euch nicht fort — eh' Ihr mir eine Aufklärung geben habt, denn (mit vor Aufregung bebender Stimme) Ihr müßt ja doch mit mein' arm Berthold z'sammukommen sein — sagt's, wann habt's ihn zum letzten Mal g'sehen?

— wo und wie lebt er? — und (mit vor Thränen erstickter Stimme) lebt er überhaupt noch?

Goldhahn (ein alter hagerer Mann in abgetragener Kleidung, tritt neugierig vor). Ja — das intereſſirt mich auch — wo lebt er?

Nic. Aber liebe Mutter! Sie vergeſſen, daß der Vater gar nicht mehr an den Unwürdigen erinnert werden will —

Tanner (im Kampfe mit ſich ſelbſt, ſich zur Rauheit zwingend). Ja — 's iſt wahr! ich will nichts hören — aber (ſich zu Berthold wendend) wiſſen muß ich doch, wie Ihr zu dem Schmuck 'kommen ſeid?

Franc. Ja — ja — redt's!

Berth. (das Geſicht abwendend, mit verſtellter Stimme). Ja — ich bin bekannt mit eurem Sohn' und er hat mir erzählt —

Franc. Was? was? Sagt mir jed's Wort!

Berth. Daß ihn nichts ſo zur Beſinnung bracht hätt', als der Beweis von Lieb', den ihm ſein gut's Mütterl noch in dem Augenblick geben hat, wo er wirklich kaum mehr werth war, ihr Sohn z'heißen. D'rum wollt' er den Schmuck nicht als ein Geſchenk betrachten, ſondern nur als ein Darlehen, was er redlich zurückerſtatten wollt; — er hat'n alſo nicht verkauft, ſondern, weil er für ſeine Wanderſchaft doch Geld braucht hat, nur als Pfand gegeben, mit der Bedingung, daß es nicht verfallen dürft', ſo lang' er jährlich pünktlich die Intereſſen zahlt.

Franc. Aber, mein Gott! hat er denn können?

Berth. Warum nicht? Er hat doch ſo viel Technik ſtudirt, um was zu wiſſen — er hat arbeiten können, und arbeiten wollen, und glaubt mir:
Wiſſen, Können und Wollen
Das ſind drei gute Geiſter,
Wo die drei ſich verbinden
Da ſchaffen ſie einen Meiſter!
und er iſt ein Meiſter worden — in ſeinem Fach' — im Maſchinenweſen!

Franc. (entzückt). Ja — ja? (Zu Tanner). Alter, hörſt es?

Tanner (fortwährend ſeine Freude verbergend, anſcheinend noch mürriſch). Na ja — ja! — Ich hab' ja Ohren! (Zu Berthold ungeduldig) Warum erzählt's denn nicht weiter?

Berth. Na — 's iſt nicht viel mehr zu erzählen — er hat ſich wohl kein' Reichthum erworben, aber er hat nicht nur von ſein' redlichen Erwerb g'lebt, ſondern ſich noch ſo viel erſpart, daß er jetzt das Pfand — die Perlſchnur, durch mich wieder hat auslöſen laſſen können. — Ich hätt's Ihnen (zu Franciska) zurückſtellen ſollen, und da — weil ich g'hört hab', daß Sie's heut' noch haben müſſen und ich mit Ihnen allein nicht hab' reden können, ſo hab' ich's nemlich zu Ihrem andern Stimmt legen wollen, wenn (auf Peter weiſend) der alte Bulldogg mich nicht g'faßt hätt'!

Franc. Ich dank' ihm's, denn nur ſo hab' ich ja erfahren können — aber ſagt mir nur noch das Eine — wo — wo iſt denn der Berthold jetzt in Arbeit?

Goldh. (gierig). Ja — wo?

Berth. Dort, wo er vor den hieſigen Blutſaugern Ruh' hat — in Amerika! als Werkmeiſter eines Maſchinenfabrikanten!

Franc. (traurig). In Amerika! (Trocknet ſich die Augen.) O du lieber Himmel!

Tanner (zu Berthold). Ihr kommt alſo von dort?

Berth. Und reiſ' wieder dorthin zurück! (Zu Franciska). Haben's mir vielleicht — für ihn — eine Poſt aufzugeben?

Franc. Ja — ja! ſagt's ihm, daß ich ſeit 18 Jahren nur ein' Wunſch — nur ein Gebet hab', und das iſt: daß mir der liebe Herrgott die Gnad' erweiſt, mich nicht früher ſterben zu laſſen, als bis ich ihn wieder geſehen hab'!

Berth. (ergriffen für ſich). O Mutterherz! Und da ſich noch verſtellen ſollen! (Sich bezwingend, laut.) Hm! das g'hört juſt nicht zu dem Unmöglichen! Es käm' nur darauf an, welche Poſt ich ihm von ſein'm Vater ausz'richten hätt'!

Tanner (noch uneins mit ſich). Von mir?

Franc. (zu Tanner). Alter! nur ein freundliches Wort für dein'n Sohn! Ich bitt' Dich auf den Knien — (Will niederknien.)

Tanner (sie rasch daran hindernd). Weib! was fällt Dir ein —!

(Man hört von der Kirche herüber die Töne einer Orgel.)

Ambros (zu Tanner). Vater! In der Kirche b'rüben ist Alles zu der schönen Feier bereit — soll ich Sie erst daran erinnern, wie man würdig vor den Altar des Versöhnens tritt?

Tanner (drückt Ambros die Hand, dann sich zu Berthold wendend). So sagt dem Berthold: Ich hab' heut' meine Händ' segnend über meine anwesenden Söhne gebreitet — ihm — dem Entfernten — schick' ich — im Geist' — meinen Segen!

Franc. Und ich den meinen — tausendfach!

Berth. (hingerissen, für sich). Jetzt mag mit mir g'schehen, was will. (Laut, sich gegen seine Eltern wendend.) Nicht bloß im Geist — nein — auf mein Haupt — (reißt den falschen Bart weg und sinkt in die Knie) gebt mir euren Segen!

(Zugleich.) ⎰ Tanner (zurückfahrend). Berthold!
⎱ Franc. (außer sich). Du selber? — Sohn — mein Sohn! (Wankt, einer Ohnmacht nahe, will ihn aufheben.)

Berth. Laßt mich knien und gebt mir euren Segen!

Tanner (legt seine Hände auf Bertholds Haupt). Meinen Segen, meine Verzeihung!

(Der Vorhang fällt.)

Zweiter Act.

(Ländlicher Garten beim Pfarrhause, im Hintergrunde ein Tract des Gebäudes, von welchem über einige Stufen herab eine Thür in den Garten führt, links eine Gitterthür, rechts Blumenbeete und Baumgruppen.)

Erste Scene.

Peter, Kilian, Christl, mehrere Bauern und Bäuerinnen (sitzen an einigen Tischen, welche, in den Vordergrund gestellt, noch mit den Ueberresten des Mahles und mit Weinkrügen bedeckt sind).

(Beim Aufziehen des Vorhanges hört man vom ersten Stockwerke des Hauses herab das Anklirren von Gläsern und den wiederholten mehrstimmigen Ruf:)

„Er lebe hoch! hoch!"

Kilian (zu Peter). Hörst! sie lassen droben schon wieder wen leben!

Peter. Ja, die Menschen sein niemals billiger, als bei so einer großen Tafel, denn da heißt's. „Leben und leben lassen!"

Kilian. Sogar unser Bezirksarzt, der Doctor Neublich, hat vorhin auf die G'sundheit von Allen getrunken — das ist doch ganz gegen sein'n eigenen Vortheil, denn wenn Alle g'sund sein, wen hätt' er denn dann z'curiren?

Peter. O — der Doctor ist schon pfiffig — er weiß, je mehr G'sundheiten bei so ein'm Fest getrunken werden, desto mehr Ueblichkeiten gibt's am nächsten Tag!

Kilian. Ha ha! bei die vornehmen Leut' — aber wir — wir können schon etwas vertragen! Also — (zu allen Uebrigen) nehmt's b'Krügeln und trinkt's! (Seinen Krug gegen Peter erhebend.) Der alte Peter soll leben!

Die Bauern (ihre Krüge erhebend). Ja, er soll leben!

Peter (sich verneigend). Ich dank' — ich werd' so frei sein! (Trinkt.)

Zweite Scene.
Vorige. Franz.

Franz (tritt aus dem Hause, für sich). Ah! Ich muß in die freie Luft! D'roben ist mir so warm geworden, so warm!

Peter (ihn erblickend). Ah, der junge Herr! — Sollen auch leben! Ich bring' Ihnen's zu! (Hält ihm seinen Krug hin.)

Franz. Danke! danke! Ich habe oben schon genug getrunken — (für sich) so viel, daß ich mich beinah' verrathen hätte. (Laut) Und beim Trinken muß man sehr vorsichtig sein, sonst kommt Alles auf!

Peter. Wie meinen's denn das?

Franz. Nun — einer von meinen Collegen, ein bemoostes Haupt, der pflegte über dieses Thema immer ein Lied zu singen, das hab' ich mir gemerkt!

Peter. Sie haben's Ihnen g'merkt? — Ah — gehen's — dann lassen's es uns auch hören!

Alle. Ja — ja — wir bitten!

Franz. Nun, meinethalben — aber Ihr müßt Alle mitsingen. (Nimmt den Krug in die Hand und singt:)

Lied mit Chor.

Beim Trinken muß man b'hutsam sein,
Denn Alles kommt gleich auf beim Wein!
Der Michl ist sonst a guter Bua,
Laßt Gott und d'ganze Welt in Ruah,
Versteht sich immer so zu stell'n,
Als könnt' er nit bis fünfe zähl'n!
Doch bringt's ihn in d'Schenk'n,
Da werd's baraubeut'n!
A Seitel nur g'trunken,
Dann springen ihm d'Funken
Heraus bei den Augen,
Nix thut ihm mehr taugen,
Fangt an z'raisoniren,
Mit Jed'm zu disputiren,
Ob's Bub' oder Mädel —
Mit blutigem Schädel
Thut d'G'sellschaft sich trennen,
Da kann man's erst kennen,
Daß in dem Michel, wenn man' neckt,
Der Teufel selber b'rinnen steckt!
Ja — beim Trinken muß man b'hut=
sam sein —
Denn Alles kommt gleich auf beim
Wein!

(Trinkt bei jedem Refrain in einer, den Inhalt der Strophe charakterisirenden Weise.)

Chor.

Ja, beim Trinken muß man b'hutsam sein,
Denn Alles kommt gleich auf beim Wein!

Franz.

A Herr, der immer b'Aug'n verdreht,
Und von Enthaltsamkeit nur red't, —
Er thut vom Mäßigkeitsverein —
So hör' ich — auch ein Mitglied sein,
Und geht in's Wirthshaus er zum Wein,
Schleicht er zur hinter'n Thür' herein. —
In d'dunkelsten Ecken
Thut er sich verstecken,
Denn d'Gesellschaft genirt ihn.
(Nachahmend.)
„A Pfifferl, Frau Wirthin!
Ich trink' niemals — weiß Sie's —
Nur heut' — weil's so heiß ist!"
Ein'n Pfiff — noch ein'n zweiten
Laßt 'munter er gleiten;
Doch's wird alleweil schwüler —
In der Kuchel is kühler,
Dort steht die Frau Wirthin
Und die interessirt ihn.
A Busserl thut er gar begehr'n,
Wer dächt' das von dem guten Herrn?
Ja — beim Trinken muß man b'hut-
sam sein —
Denn Alles kommt gleich auf beim
Wein!

Chor.
Ja, beim Trinken ꝛc. ꝛc.

Franz.
A Dirndel gar so g'schamig thut,
In b'Wangen schießt ihr gleich das Blut,

Wann's freundlich anschaut nur a Mann,
Und grüßt sie Einer, und red't sie an.
Da schlagt's so tief die Augen nieder,
Als suchet's was in ihrem Mieder!
Nach'm Tanz — 's war am Kirta —
Ein' Durst hat's just g'spürt da —
Mit'm Nachbar sein'n Hannes
Hat's tanzt — na, der kann es!
D'rauf thut er im Garten
Mit'm Glas ihr aufwarten,
Sie thut mit den Lippen
Zwar nur daran nippen,
Doch 's wird ihr — nit z'laugnen —
Ganz wirblich vor'n Augen.
Und wie er sie g'fragt hat,
„Ob's'n gern hat," hat's „ja" g'sagt.
Und was's ihm sonst noch g'sagt hat
                                    heut'
Ihn hat's wohl g'freut — sie hat's
                                    bereut. —
Ja — beim Trinken muß man b'hut-
                              sam sein —
Denn Alles kommt gleich auf beim
                              Wein!

Chor.

Ja, beim Trinken ꝛc. ꝛc.

Dritte Scene.

Vorige. Cordula, Philippine (mit
einem Korbe).

Cord. und Philipp. (kommen aus dem
Hause).

Franz (Philippinen erblickend). Ha! da ist
sie wieder, wenn ich nur mit ihr einen Augenblick allein bleiben könnte! (Zieht sich hinter
eine Baumgruppe zurück.)

Cord. (zu den Anwesenden). Leuteln! Jetzt
muß ich Euch bitten, kein'n Lärm mehr
z'machen, die Tafel ist aus und der alte
Herr will auf sein' Zimmer sein Mittags-
schlaferl halten.

Peter. Ja — das ist seine alte G'wohn-
heit! Also — (zu den Burschen, selbst sehr laut)
schreit's nit a so, ös Satra!

Cord. (Peter verwundert ansehend). Aber
Peter! Peter! Mir scheint gar — —

Peter. O, nichts Schein! Ich haff' den
Schein — Alles Wirklichkeit! Ha ha ha! —
Frau Cordel — geben's mir ein Bussel!
(Will sie umarmen.)

Cord. (zurückweichend). Peter! sei g'scheit!
Und Ihr — (zu Kilian und den Andern)
kommt's mit mir hinauf — der Saal muß
aufg'räumt werden!

Peter. Ha ha ha! Heut' ist doch Alles
aufgeräumt, sogar der Saal!

Cord. (auf die Tische weisend). Die Tisch'
da müssen auch weg — uns're Gäst' werden
vielleicht im Garten spazieren gehen wollen,
und Du (zu Philippinen) nimm das Eßzeug
in den Korb und trag's hinauf!

Philpp. (zu einigen Burschen, den Korb
hinstellend). Legt's mir nur Alles da herein!

Cord. (zu den Leuten). Helft's jetzt. —
Abends kömmt's dann auf der Wiesen a
Tanzerl machen. (Geht ab.)

Kilian, mehrere Bursche und Dirnen
(folgen ihr in das Haus).

Peter (für sich). A Tanzerl machen?
und mit mir dreht sich jetzt schon Alles
um! — Aber diese Seekrankheit wird sich
geben — drei Halbe schwarzen Kaffee —
und ich bin wieder ein Mann! (Folgt ebenfall
ins Haus.)

(Die übrigen Bursche haben sämmtliches Tischzeug
in Philippinens Korb gepackt und entfernen die
Tische.)

Philpp. (allein). Ah! — ich bin völlig
froh, daß ich wenigstens ein paar Minuten
alleinbleiben kann! — Mir schwindelt der
Kopf! — Wenn ich nur droben nicht hätt'
am Tisch sitzen müssen! — Ich hab's
g'merkt, die gnädige Frau, die Schwägerin
vom Herrn Pfarrer, hat's genirt, denn sie
hat mich immer mit Augen ang'schaut, als
ob's mich fragen wollt': wie ich mich unter-
stehen kann, auch auf der Welt z'sein! —
Und ihr Sohn, der Franz, der hat wieder
Blick' auf mich g'worfen, die mich ordentlich brennt haben, und einmal hat er dabei b'Hand aufs Herz g'legt — und ich —

(Wendet sich gegen den Hintergrund und stößt überrascht einen Schrei aus.) Ah!

Franz (ist aus dem Gebüsche wieder hervorgetreten, sieht Philippinen schmachtend an und preßt die Hand an's Herz). Philipp. (für sich). Da ist er! — Fort — fort —! (Will den Korb erheben.) Ah! der Korb ist so schwer! —

Franz (eilt zu ihr vor). Geben Sie mir — (Langt nach dem Korbe, besinnt sich aber.) Nein! nein! einen Korb dürfen Sie mir nicht geben! aber mit einander tragen können wir ihn!

Philipp. (immer verlegener). Lassen's! — er ist zu schwer!

Franz. Und glauben Sie, daß ich mit Ihnen nicht auch das Schwerste leicht ertragen könnte? — O Philippine! wenn Sie mir nur das sein wollten, was der Anfang Ihres Namens auf griechisch bedeutet!

Philipp. Auf griechisch? Und — was bedeutet er denn?

Franz (gleichsam eine Lection aufsagend). »Filos« heißt Freund — »File« Freundin — »Fil«, mit einem andern Wort verbunden, bedeutet, daß man den betreffenden Gegenstand besonders lieb hat.

Philipp. (die Augen zu Boden schlagend). Nein! was Sie schon Alles wissen —!

Franz (sich in die Brust werfend). Nun — ich bin auch schon in der achten Gymnasialclass — hab' ja schon — (sie zärtlich anblickend) Ovidii Nasonis »Kunst zu lieben« studirt!

Philipp. Die Kunst zu lieben? Die muß studirt werden?

Franz. O, es gibt wohl auch Naturtalente, die es von selber lernen! und sagen Sie mir aufrichtig — haben sich bei Ihnen schon Spuren von diesem Talent gezeigt?

Philipp. O ja!

Franz. Was tausend!

Philipp. Ohne daß mir's Jemand g'lernt hätt', lieb' ich meinen Pflegevater, den Herrn Pfarrer — ich lieb' die Frau Corbel —

Franz (beruhigt). Ah so! Und sonst Niemand?

Philipp. Ich lieb' auch alle guten Leut' —

Franz. Aber ich — ich bin ja auch ein guter Leut' — also müssen Sie mich auch lieben! — und ich — sehen's — ich hab' bisher von der Lieb' nur gelesen — aber wie eine Reisebeschreibung die Lust zu reisen, so weckt jedes Buch über Liebe die Sehnsucht zu lieben! — Ich muß lieben! — Das Bedürfniß hab' ich schon seit der letzten Prüfung gefühlt, aber ich hab' nicht gewußt, wen? — bis ich Sie gesehen hab'. — Da hab' ich's gleich gewußt, und darum — fangen wir an! (Stürzt vor ihr auf die Knie.)

Philipp. (erschreckt). Was thun's, wenn Jemand — (sieht sich um, die Kommenden erblickend) um Gottes willen!

Vierte Scene.

Vorige. Niklas, Mathilde.

Math. (tritt tritt, von Niclas geführt, aus dem Hause, läßt aber, die Gruppe erblickend, seinen Arm los, entsetzt die Hände über den Kopf zusammenschlagend). Was seh' ich?!

Niclas (gleichfalls empört). Franz! deine neuen Beinkleider! (Schlägt auch die Hände zusammen.)

Franz (sich nach ihnen umsehend). Ah — Papa! Mama! Eben recht! aber schlagen Sie nicht Ihre — sondern legen Sie unsere Hände in einander — wir lieben uns!

Philipp. (ängstlich). Aber junger Herr!

Franz. Wir heiraten uns!

Niclas (zornig vorwärtseilend). Der Bube ist verrückt!

Math. (ihm folgend). Nein — verführt von dieser unverschämten Dirne! (Sich zornig gegen Philippinen wendend.)

Philipp. (tief verletzt). Ich — gnädige Frau! — O mein Gott! — ich — ich kann nicht reden! (Bricht in heftiges Schluchzen aus.)

Math. (kreischend vor Zorn). Sie kann nicht reden? — Das ist auch ihr Glück! denn nur ein Wort, und sie soll von mir — (Erhebt drohend ihre Hand.)
Philipp. (schreit auf und weicht zurück).
Franz (springt rasch auf und stellt sich zwischen Mathilde und Philippinen). Halt, Mama! Nur über meinen Cadaver geht der Weg!

Fünfte Scene.

Vorige. Ambros.

Ambros (tritt von rechts auf). Was gibt's denn da für ein Geschrei?
Philipp. (reißt sich von Franz los, eilt zu Ambros und umklammert ihn weinend). O! schützen Sie mich!
Ambros (erstaunt). Schützen? — Wer will Dir denn was thun?
Math. (noch in höchster Aufregung zu Ambros). Herr Schwager, diese Person muß aus Ihrem Hause!
Ambros. Oho! oho! Was hat sie denn gar so Arges verbrochen?
Franz (zu Ambros). Würdigster Herr Onkel, hören Sie mich an! Meine Eltern nennen es ein Verbrechen, daß die Pinerl mir das Herz gestohlen hat — aber ich — ich mache gar keinen Anspruch auf Schadenersatz!
Ambros (überrascht). Ja, was hör' ich denn da?
Niclas. Was wir gesehen haben! Meinen Sohn trafen wir auf den Knien vor dem Mädchen!
Ambros (zu Philippinen). Pinerl, ist das wahr?
Philipp. Ja! — aber ich — ich kann ja nichts dafür!
Ambros. Du hast so ein Geständniß angehört? — bist nicht gleich fort?
Philipp. Ach! — ich hab' ja wollen, aber der junge Herr — er hat so lieb g'red't — und — mir war — als ob ich gar nicht fort könnt' — und — und — (Birgt verschämt ihr Gesicht an Ambros' Brust.)

O! ich bitt' Sie, fragen's mich jetzt nicht weiter!
Ambros. Kind! (Legt seine Hand an ihre Wange, für sich.) Wie ihr G'sicht glüht — ihr Athem jagt! — Ich brauch' nicht weiter zu fragen — (ernst vor sich hinsehend) der Augenblick, den ich befürchtet hab' — ist gekommen!
Math. (zu Ambros) Wir erwarten von Ihnen die strengsten Maßregeln!
Ambros (mit Ruhe). Meine Maßregeln werd' ich treffen — aber Strenge wird nicht nöthig sein — dafür kenn' ich mein Pinerl! (Zu Philippinen sanft.) Geh' hinauf zu deiner Pflegmutter und erwart' mich bei ihr!
Philipp. (ängstlich). Hab' ich denn wirklich so was Unrechtes gethan? — Sagen's mir nur — sein's bös auf mich?
Ambros (sie sanft gegen das Haus wendend). Nein, nein! das heißt in der Voraussetzung, daß Du meinen väterlichen Rath hören und befolgen wirst! — Aber geh' nur — geh'!
Philipp. (läßt Ambros' Hand, wirft noch einen liebevollen Blick auf Franz und eilt dann in das Haus ab).
Franz (die Hand auf das Herz legend, ruft ihr schwärmerisch nach) Ewig!
Ambros (ernst zu Franz). Schweig'!
Franz. N.in! ich muß reden, um meine Elt're zu rechtfertigen! Ich hab' angefangen — ich hab' zu büßen — ich will also heiraten!
Niclas. H.iraten? — Knabe!
Franz. O, nicht mehr Knabe! Seit ich die Pinerl gesehen hab', fühl' ich das Maturitäts-Zeugniß in mir und habe redliche Absichten!
Niclas. Redliche Absichten! Untersteh' Dich! — Bedenke meine Stellung und die deinige! Du wolltest so ein eltern- und namenloses Geschöpf zu deiner Frau machen — Du, der Du bereits in Vormerkung zum Expedits-Practikanten stehst? Erkennst Du denn nicht die ungeheure Kluft?

Franz. Vater! Ich hab' Ihnen schon einmal erklärt, daß ich gar keinen Appetit auf Kanzleistaub in mir verspür' — ich will kein Beamter werden — ich hab' immer Lust zur Oeconomie gehabt, und der heutige Tag hat mich's erst recht empfinden lassen, was für Reize das Landleben hat! (Zu Ambros.) Also behalten Sie mich da beraußen bei Ihnen!

Ambros (zu Franz). Entfern' Du Dich jetzt auch! Ich hab' mit deinen Eltern ein ernsthaftes Wort zu reden!

Franz. Ernsthaft? Sehr gut! — Ich will ja auch zum Ernst kommen! — Aber, Herr Onkel! das sag' ich Ihnen im Voraus, wenn Sie vielleicht mit meinen Eltern gegen mich Front machen, und mich von der Philippin' trennen wollen — es nützt nichts! — Und wenn die Phillppin' im Himmel und ich in der Höll' wär', so fangeten wir Beide zu wandern an, und mitten im Fegefeuer kämen wir zusammen! (Eilt nach links ab.)

Ambros (geht ernst und sinnend auf und nieder).

Math. (zu Ambros). Sie sehen nun wohl ein, welchen Dank Sie dafür haben, daß Sie solch' ein Geschöpf aufgezogen haben! Aber nun wird es wohl aus sein?

Ambros (stehen bleibend). Aus? warum? weil sie liebt? — Das Gefühl hat der liebe Gott selbst dem Menschen in's Herz gelegt!

Niclas. Aber bedenke doch — die Gefahr für unsern Sohn!

Ambros. Für den seh' ich weniger Gefahr!

Math. Hörten Sie denn nicht, daß er sie heiraten will?

Ambros. Dann seh' ich auch für das Mädel keine Gefahr! — Es ließ sich Alles zum Guten leiten. — Dein Sohn hat Lust zur Landwirthschaft — für die ist die Philippin' auch erzogen, und wenn ich für sie ein kleines Bauerngut pachtet' —

Math. (losbrechend). Und wenn Sie ihr ein Rittergut schenken, so geben wir nie unsere Einwilligung zu einer Verbindung mit einem vom Zaune aufgelesenen Geschöpfe.

Niklas. So ist's! Und da Du (zu Ambros) die aufkeimende Neigung der beiden jungen Leute beinahe zu begünstigen scheinst, so ist es meine Pflicht, energisch dagegen zu wirken! (Zu Mathilde.) Wir kehren in dieser Stunde noch nach der Stadt zurück.

Ambros. Was? Heut' noch? — Du hast doch gesagt, auf ein paar Tag' —

Niclas. Damals wußte ich noch nicht, wen und wie ich hier Alles finden würde!

Ambros. Du meinst doch nicht, weil unser Bruder —

Niclas. Ja, ja, seine Anwesenheit ist ein Grund mehr, diesen Ort schnell zu verlassen, um nicht am Ende selbst in pönible Situationen verwickelt zu werden!

Ambros. Das hast Du nicht zu fürchten — er wird heut' noch mit allen seinen Gläubigern ein Arrangement treffen.

Niklas. Ein Arrangement? — mit leeren Händen?

Ambros. Er will hier Arbeit suchen, und von seinem Erwerb nach und nach alle seine Schulden bezahlen!

Niclas. Er — arbeiten? Ha ha ha!

Math. Ja wohl! Ha ha ha!

Niclas. Auf das Geld der Eltern ist es abgesehen! — Nun, schwach genug sind sie — besonders die Mutter — das war ja heute ein Hätscheln und Tätscheln.

Math. Es wurde nachgerade eklig!

Niclas (mit immer steigendem Ingrimme). Nun, immer zu! immer zu! Mögen die Eltern dem Heuchler ihr Letztes geben; um so mehr ist es meine Pflicht, wenigstens die Ehre zu wahren und mich von einem Taugenichts von Bruder — meinen Sohn aber von einer frechen Dirne fernzuhalten! Darum (Mathildens Arm unter den seinigen nehmend) nimm mein Lebewohl, wir reisen noch in dieser Stunde fort! (Geht in heftiger Aufregung mit Mathilden nach dem Hause ab.)

Ambros (allein). Hm! hm! Ich war heut' so seelenvergnügt gestimmt, und jetzt kommt das dazwischen! — Ach! das Leben ist nun einmal wie eine Zukunfts-Musik, ohne Mißtönen geht's nicht ab! Aber, wenn's Gottes Wille ist, wird sich zuletzt doch Alles wieder harmonisch vereinen! (Geht nach rechts ab.)

Sechste Scene.

Katharina Stahlberg (nach Art einer reichen Bürgersfrau geputzt, tritt durch das Gitterthor links ein).

Lied.

Mein Schneider hat oft sich als Meister
    bewährt,
Hat' bracht mir ein ganz neues Kleid,
Gemacht, wie's Pariser Journal nur es
    lehrt,
's war nirgends zu eng noch zu weit!
Probirt hab' ich's zehnmal, und immer
    war's recht,
Doch oft — ich weiß selbst nicht, wie's
    g'schieht,
Ist's g'rad, als wann's b'Brust mir zu-
    samm'pressen möcht',
So daß's mir an Athem gebricht. —
Ich fürcht', daß das Herz mir das Mieder
    zersprengt,
Ihm ist ja die Welt — also 's Kleid auch
    zu eng'!

Ich geb' oft a Tafel, lad' viele Leut'
    ein,
Und richt' dabei Alles auf's Best',
Es biegt sich der Tisch fast vor Speisen
    und Wein,
Die schwelgen da all' meine Gäst'l
Die Dienstleut' trag'n noch volle Schüs-
    seln hinaus,
Und thun in dem Ueberfluß prass'n. —
Umsonst klopft kein Bettler an b'Thür von
    mein'm Haus,
Ich schick' ihm sein Essen auf b'Gass'n.

Nur da (auf das Herz weisend) ruft der Hunger voll bitterem Schmerz
A Bisserl — ach! nur a klein's Bisserl
    für's Herz!

Ich kann im Theater a Loge mir be-
    zahl'n,
Und geb' gern in classische Stück —
„Romeo und Julie" — wie thut mir das
    g'fall'n,
In Thränen schwimmt da jeder Blick;
Die Lieb'sscen' — erhaben! dort ob'n am
    Balcon,
Dabei wird doch Alles gerührt. —
Nur ich geh' oft sehr unbefriedigt davon,
Wann's Publicum auch applaudirt.
Denn 's Herz ruft: „Wie b'Julie fühl' ich
    und noch mehr,
Aber gebt's mir nur g'schwind ein'n Ro-
    meo auch her!"

Ja, der unzufriedenste Raisonär ist das Herz, und gar ein weibliches Herz — man kann ihm noch so viel bewilligen — es verlangt noch mehr und will in Alles d'reinreden — sogar in's G'schäft — Ich könnt' noch einmal so reich sein, wenn nicht gar so oft mein Herz mich b'ran hindert, mein strenges Recht durchzuführen. Aber in der Angelegenheit, in der ich heut' daherkomm', soll das Herz nicht um seine Meinung g'fragt werden. Dasmal geb' ich nicht nach! Die Schuld, die ich einzufordern hab', muß bei Heller und Pfennig bezahlt werden, und wann's Graz gilt! — Ich kenn' zwar den Schuldner noch gar nicht persönlich, aber Alles, was ich über ihn g'hört hab', ist hinreichend, um mich zur Tyrannin zu machen! (Sieht sich um.) Wenn nur Jemand da wär', der ihn herausrufet.— Ah! da kommt ja wer!

Siebente Scene.

Katharina, Berthold.

Berth (nun in einem andern etwas fremdländischen Anzuge tritt aus dem Hause, Katha-

einen erblickend, für sich). Eine fremde Dam'
hier? (Tritt zu ihr vor, laut.) Meine Gnä=
dige! darf ich fragen, was zu Diensten
steht? — Sie sind wahrscheinlich auch ge=
laden —?
Kath. Ja, geladen bin ich — (mit
verhaltenem Zorn) nur zum Losgeh'n! (Laut.)
Der Bruder vom Herrn Pfarrer, der Mon=
sieur Berthold, ist doch noch im Haus'?
Berth. (erstaunt für sich). Sie fragt nach
mir? (Laut.) Ja wohl —
Kath. Sein's so gut, sagen's ihm, ich
hätt' nothwendig mit ihm z'reden — er
soll herabkommen!
Berth. Das ist nicht mehr nothwendig,
denn ich — ich bin schon sehr herabgekom=
men!
Kath. (überrascht). Was? — Sie? —
Sie sein's selbst? — nicht möglich!
Berth. Ja, gewiß, ich bin's — ich irr'
mich nicht, denn ich kenn' mich doch selbst —
Kath. (ihn etwas verächtlich ansehend).
Na — von der Bekanntschaft haben's wohl
keine besondere Ehr'!
Berth. (scherzend). Eben deßhalb muß
ich mich nach schöneren Bekanntschaften
umsehen, und wenn Sie geneigt wären —
Kath. O ja — ja — Sie sollen
mich kennen lernen! (Tritt dicht an ihn.)
Mein Name ist Katharina Stahlberg!
Berth. Stahlberg? — Ich hab' ein'
alten Herrn dieses Namens gekannt — der
war ein reicher Gewerksbesitzer im Gebirg'
droben —
Kath. Dessen Wittwe bin ich!
Berth. (erstaunt). Was? — der Alte
hat noch g'heirat? — wie dumm! —
aber g'storben ist er? wie g'scheit! — Nicht
wahr? Sie werden wohl die Trauer nur
auswendig getragen haben?
Kath. Ich hab' mich in die Fügung
des Himmels ergeben! — Aber lassen wir
die Todten ruh'n!
Berth. O Gott! mit Vergnügen! ich
laß' ihn ruhen, denn jetzt wird er mich
auch in Ruh' lassen! Vivat! der Todte soll
leben!

Kath. Sie waren ihm schuldig —
Berth. Ja — ich weiß selbst nicht mehr
wie viel — ich hab' so ein schlechtes Zahlen=
gedächtniß!
Kath. Aha! b'rum haben's immer auf's
Zahlen vergessen! — Und jetzt freuen Sie
sich, daß der Gläubiger gestorben ist! —
was nutzt das? — der Wechsel hätt'
sterben müssen — aber der — der lebt,
und ich — als alleinige Erbin, präsentir'
ihn! (Zieht einen Wechsel hervor, welchen sie
ihm vorhält.)
Berth. Präsentiren? O, lassen Sie diese
militärische Ehrenbezeigung —!
Kath. O! 's bleibt nicht beim Prä=
sentiren — ich ruf' „G'wehr b'raus!" die
ganze Wach' soll kommen und so einen
luftigen Patron wie Sie zu einem ge=
setzten Mann machen!
Berth. Aber meine ungnädige Gnä=
dige! Sie sein mir anfangs so schön vor=
kommen, aber wie Sie den Mund aufge=
macht haben, hab' ich an Ihren Zähnen
was entdeckt, was Sie sehr entstellt!
Kath. An meinen Zähnen?
Berth. Ja, Sie haben nämlich Haar
auf den Zähnen!
Kath. Und deswegen wollen Sie mich
vielleicht barbiren, wie Ihre andern
Gläubiger?
Berth. Aber wie können Sie denken —?!
Kath. Nur still! Der alte Geldhahn
hat mir g'sagt, daß er in Ihrem Namen
für heut' Abend alle Ihre Gläubiger in
die Waldschenk' vom Schmiedhannes zu=
sammenbestellt hat —
Berth. So ist's! Ich hab' diesen Reichs=
rath einberufen, aber nicht um ein neues
Anlehen durchzusetzen, sondern um ein
Programm vorzulegen —
Kath. Ah! das kennen wir! — Sie
haben vielleicht die Leut' nur deswegen
dorthin b'stellt, damit Sie während der
Zeit um so sich'rer wieder von hier ver=
schwinden können! Aber das soll's nicht ge=
ben! Ich hab' den Personalarrest und der
Gerichtsdiener — —

Berth. Zu was erst einen Gerichts-
diener? (Galant.) Sie allein haben ja die
Macht, einen Mann auf ewig in Fesseln
zu schlagen!
Kath. (für sich). Artig ist er — und
(schielt nach ihm) ein hübscher Mann ist er
auch — aber (wieder fest) nein! — seine
Schuld   mein Vorsatz — auf mein Herz
darf er nicht einwirken! (Laut, wieder strenger.)
Sagen Sie mir vor Allem, sind Sie ledig
geblieben?
Berth. Sehr ledig!
Kath. (sich vergessend). Gott sei Dank!
Berth. Das interessirt Sie so?
Kath. (sich bemeisternd). Hm! nur in so
fern, als ich glaub', daß Sie als lediger
Mann leichter so viel erübrigen können,
um Ihre Schulden zu bezahlen!
Berth. Ja — ja alle sollen bezahlt
werden.
Kath. (ihn sehr ernsthaft ansehend) Alle
Ihre Schulden? alle? Wissen Sie denn
auch genau, wem allen Sie schuldig sein?
Berth. Ja wohl — das weiß ich!
Kath. (wie oben). Wie leichtsinnig Sie
das aussprechen! — Kein Mensch, und
wenn er die doppelte Buchhaltung noch so
gut studirt hätt', ist im Stand', eine Bilanz
aufzustellen, in der er nicht auf irgend eine
Schuldpost vergessen hätt'!
Berth. Ja, in so fern weiß oft die
ganze Menschheit zusammen lang nicht,
was sie irgend einem großen Mann schuldig ist, und gleicht sich mit ihm erst, nachdem sie ihn verhungern lassen, mit einem
Monument aus! — Aber meine Schulden — —
Kath. Nun — wie hoch können die
sich belaufen?
Berth. Auf mehr als sechstausend Gulden auf keinen Fall.
Kath. Nun, so hören's mich an! — die
Summe will ich vorstrecken, wenn Sie
mir heilig versprechen, daß Sie, wenn
darnach doch noch eine unberichtigte
Schuld angemeldet wird, diese alsogleich
aus Eigenem bezahlen!

Berth. Hm! das kann ich leicht ver-
sprechen!
Kath. Aber ich muß ein Pfand haben!
Was geben Sie mir zum Pfand?
Berth. Mich selbst! Nehmen's nur
gleich die Pfändung vor!
Kath. Wie soll ich das?
Berth. Nun — beim Pfänden wird
ein Siegel angelegt, und wenn Sie ein
Bussel als Pldwachs und Ihre Corallen-
lippen als Petschaft gebrauchen wollten —
(Beugt sich zu ihr.)
Kath. (zurückweichend). Nein — nein —
nein! Ich behalt Ihnen selbst als Faust-
pfand, indem ich Ihnen nicht mehr von der
Seiten geh', bis das Arrangement getroffen ist!
Berth. Dann muß ich Sie im Namen
meines Bruders einladen, dem Schluß des
heutigen Festes beizuwohnen —
Kath. Nun, so führen Sie mich als
die Witwe Ihres ehemaligen Geschäfts-
freundes ein! (Legt ihren Arm in den seinen.)
Berth. Ich — Sie? — O Gott! das
wär' eine gescheite Einführung, wenn einmal die Schuldner ihre Gläubiger ein-
führen könnten! (Bietet ihr seinen Arm und
führt sie ins Haus ab.)

Verwandlung.

(Großer Saal im Pfarrhause, anständig, aber
etwas altmodisch möblirt, vom Plafond hängt
ein Luster mit brennenden Kerzen herab, an allen
Pfeilern Wandleuchter mit Kränzen behangen.
Eine Mittel- und zwei Seitenthüren.)

Achte Scene.

Corbula, Philippine, Kilian, Peter,
dann Bürgermeister Hanold, Schulmeister
Graubert, Dr. Rundheim, Froh-
mann, mehrere andere Honoratioren des
Ortes, Herren und Frauen. Einige Diener,
Regine.

Corb. und Philipp. (treten durch die
Mitte ein, jede zwei Leuchter mit brennenden

Kerzen tragend, welche sie auf einen im Vordergrunde rechts stehenden Tisch stellen).

Kilian, Peter und zwei Diener (folgen ihnen, theils Notenpulte, theils die zu einem Streichquartett nöthigen Instrumente tragend).

Corb. (zu den Dienern). So — richt's nur da Alles her — 's wird heut' noch ein Quartett zum Besten geben.

Kilian. Ja, das ist dem Herrn Pfarrer seine liebste Spielpartie!

Peter. Er streicht aber auch seine Fidel d'amour, daß ein'm völlig durch Mark und Bein geht und der Herr Schulmeister ist ein Virtuos auf der Winsel.

Corb. Und sie spielen nur Stück' von alten Meistern —

Kilian. Aber daß ein christlicher Pfarrer sich auch auf heidnische Musik verlegt —

Corb. Was?

Kilian. Ja — (auf ein Notenheft weisend) da steht's d'rauf: „von Haydn!"

Peter. Aber Du bist ein dummer Kerl! Der Haydn — das ist ja der Nam' von ein'm berühmten Musiker.

Kilian. Ah so!

Peter. Freilich! — Aber mir ist der Gluck — Gluck noch lieber!

(Sie haben indeß die Pulte und Instrumente zurechtgestellt. — Kilian und die Diener entfernen sich.)

Corb. (zu Philippinen, leise). Aber trock'n doch einmal deine Augen — die G'sellschaft wird sich bald wieder versammeln!

Philipp. (leise). Ach! wenn ich nur heut' nicht mehr dabeibleiben dürft' — ich wär' am allerliebsten allein!

Corb. Sei ruhig! Die stolzen Leut', die Dich beleidigt haben, sein fort!

Philipp. (mit einem Seufzer, mehr für sich). Aber der junge Herr mit ihnen!

Corb. Still! still! die Gäst' kommen!

Rundl., Hanold, Graub., Frohm. und einige Herren (treten durch die Seitenthür links ein).

(Die übrigen Gäste, Herren und Frauen, kommen während des Folgenden nach und nach durch die Mitte.)

Rundl. (vergnügt zu Cordula). Frau Corbel! Sie haben sich heute unsterbliche Verdienste erworben — so ausgezeichnet das Diner, ebenso vortrefflich der Kaffee!

Graub. Ja, 's ist um so mehr zu wundern, als diese Frau eh'mals nur für einen Schulmeister-Tisch zu kochen gewohnt war!

Neunte Scene.

Vorige. Ambros, Tanner, Francisca (letztere nun in einem Seidenkleide, ein Spitzenhäubchen auf dem Kopfe und den Perlenschmuck um den Hals, treten aus der Seitenthür rechts), dann Berthold und Katharina.

Ambros. Ah! Alles wieder beisammen! und da — bring' ich meine lieben Eltern auch wieder!

Tanner (zur Gesellschaft). Ich muß nochmals um Entschuldigung bitten, daß ich die werthe Gesellschaft verlassen hab', aber ich war von der Feier und allen übrigen Ereignissen ein bißl angegriffen; — aber ein kurzes Schläferl — und ha ha ha! da sein wir wieder und halten fest aus!

Franc. (sich im Saale umsehend). Aber wo ist denn der Berthold?

Corb. Im Garten, aber er wird wohl — (Sieht gegen die Mittelthür.) Ah! da ist er!

Berth. und Kath. (treten Arm in Arm durch die Mitte ein).

Franc. (hinsehend). Was? nicht allein?

Ambros (überrascht). Je! die Frau Stahlberg —

Mehrere Gäste. Frau Stahlberg!

Kath. Sie sehen, Sie brauchen mich nicht erst aufzuführen!

Ambros (ihr entgegengehend). Was erst aufführen! Eine so werthe Bekannte! (Drückt ihr herzlich die Hand.)

Kath. Nur der Umstand, daß ich Ew. Hochwürden nicht fremd bin, entschuldigt meine Zudringlichkeit — aber ich hab' nicht umhinkönnen, Ihren theuern Eltern — (sich zu Tanner und Francisca wendend) zu dem heutigen Fest mein'n Glückwunsch zu bringen! —

Tanner und Franc. Dank — herzlichen Dank!

Ambros (zu Katharina). Und jetzt lassen wir Sie auch gar nicht mehr fort! (Zur ganzen Gesellschaft.) Ich bitt' allerseits Platz zu nehmen! (Zu Tanner und Francisca, indem er sie zu zwei nebeneinander stehenden Lehnstühlen führt.) Sie setzen sich daher — die Frau von Stahlberg neben Ihnen, und alle Uebrigen nach Belieben! Wir werden gleich unser kleines Concert beginnen! (Zu Graubert.) Herr Schulmeister! Sein's so gut, und richten's die Noten!

Graub. (thut es).

Rundl. (mit Harold auch zu dem Tische gehend, leise). Heute müssen wir uns zusammennehmen, wir haben ein großes Anditorium!

Ambros (nimmt indeß Berthold etwas bei Seite). Wie bist denn Du mit der Frau bekannt worden?

Berth. (leise). Sie hat von Ihrem Mann her noch einen Wechsel von mir! — Aber sag' mir, liebt sie vielleicht, seitdem sie Witwe ist, überhaupt Wechsel? Du verstehst —!

Ambros. Was fallt Dir ein! Sie ist eine kreuzbrave Frau — hat ihren alten Mann wie eine Tochter gepflegt.

Berth. Dann würde sie wohl einen jüngeren Mann um so mehr betreuen, und sie ist ein so herziges Weiberl!

Ambros. Was hör' ich? — Du denkst doch nicht — —?

Berth. An's Heiraten? hm! Ich bin ja frei, warum sollt' ich nicht auch freien?

Ambros. Nun, Glück zu! Aber jetzt gilt's die Gäst' unterhalten! (Geht zu d m Tische rechts.) Mein liebes Violoncell schaut mich schon ganz schmachtend an! (Setzt sich und ergreift das Violoncell und den Bogen.) Komm' her, alte Freundin! und sing' mit im Weihgesang!

(Ambros, Graubert, Rundlich und Harold spielen einige Tacte einer alten fugirten Composition.)

Kath. (erhebt sich bei der ersten Pause, welche das Quartett macht und tritt vor, heiter). Meine Herren! die Musik ist zwar sehr schön — sehr classisch, aber mir scheint's zu dem heutigen Fest doch nicht recht zu passen — 's ist ja eine Hochzeit und soll die ganz ohne Tanzmusik abgeh'n?

Mehrere Gäste. Ja — ja — einen Tanz!

Kath. (zu Ambros) Vorausgesetzt, daß Hochwürden es in diesem Haus nicht für unstatthaft erklären.

Ambros. Der Herr hat bei der Hochzeit zu Canaan Wein geschaffen und der fromme König David hat vor der Bundeslad' getanzt, ein Beweis, daß ein ehrsames Vergnügen nichts Unziemliches hat. —

Tanner (aufstehend). Und mein Weiberl hat versprochen, daß's heut' mit mir noch ein'n Ehrensprung macht — versteht sich von selber, daß wir kein'n von den modernen Raseretltänzen ausführen!

Kath. (zu Tanner). Nein, nein! — einen Tanz aus Ihrer Zeit, alter Herr! Ein paar sittsame Menuette, bei der wir uns recht lebhaft an die gute alte Zeit erinnern wollen, in der Sie noch Bräutigam waren!

Alle. Ja — einen Tanz mit Gesang!

Ambros. Nun also, stellt Euch an — wir spielen dazu!

Franc. (steht auf, zu den Quartettspielern). Aber nur ein bißl langsam, wenn ich bitten darf! (Reicht Tanner die Hand und stellt sich mit ihm in die Mitte.)

Berth. (bietet Katharinen die Hand und stellt sich mit ihr zum Tanze).

Peter (zu Cordula). Frau Gorbel! Thun Sie mir die Ehr' an — nur so daneben! (Stellt sich mit Cordula seitwärts an.)

(Ein Theil der übrigen Gäste rangirt sich ebenfall zum Tanze.)

(Die Musik beginnt eine Menuette, die Paare bewegen sich in gehaltenem Tempo, so daß nach jeder Strophe des Liedes nur einige Schritte getanzt werden, dann aber wieder eine Pause gemacht wird.)

Terzett mit Chor und Tanz.

Katharina.

Ja, als der Großvater die Großmutter nahm,
Da war der Großvater ihr Bräutigam,
Und was er versprochen ihr hatt' am Altar,
Das hat er gehalten als heilig und wahr.

Tanner.

Ja, als der Großvater die Großmutter nahm,
War d'Wirthschaft für b'Frau noch kein wid'riger Kram,
Sie las nicht Romane, stand lieber am Herd,
Ihr Kind war ihr mehr als ihr Schooß= hundert werth!

Berthold.

Und als der Großvater die Großmutter nahm,
Da braucht' man zwei Tag, bis nach Neu= stadt man kam,
Und wollt' Einer reisen gar bis Fischamend,
So machte er ängstlich vorher 's Testament!

Katharina.

Ja, als der Großvater die Großmutter nahm,
Da kannte man noch nicht den Actienkram,
Auch eine Creditanstalt gab es noch nit —
Die Anstalt gab's nicht, aber viel mehr Credit.

Tanner.

Und als der Großvater die Großmutter nahm,
Da kam der Gemeinderath noch nicht zu= samm',
Da wußte man noch nichts von manchem Project,
In das man jetzt nutzlos Millionen h'ein= steckt.

Berthold.

Doch als der Großvater die Großmutter nahm,
Da waren die Leut' noch geduldig und zahm,

's gab keine Verfassung — es tönte nicht kühn
Das Manneswort frei herab von der Tribün!

Tanner.

Doch als der Großvater die Großmutter nahm,
Damals standen die Deutschen noch einig beisamm',
Sie kämpften für Vaterlands Ehre und Glück!
Gott geb uns die Großvaterzeiten zurück!

Chor (wiederholt die Schlußstrophe).

Repetition.

Katharina.

Ja, als der Großvater die Großmutter nahm,
Da herrschte noch sittlich verschleierte Scham,
Da hätte es selbst auf der Bühn' nicht gepaßt,
Daß in griechischer Nacktheit man sehen sich läßt.

Tanner.

Ja, als der Großvater die Großmutter nahm,
Hatt' man noch nicht so vieler Zeitungen Kram,
Das Wiener Blatt hatte noch nicht so viele Bog'n,
's ward' wen'ger gedruckt, doch auch we= niger g'log'n!

Berthold.

Doch als der Großvater die Großmutter nahm,
Baut' gegen den Zeitstrom man noch einen Damm,
Der geistiges Wirken und Schaffen beengt,
Den Damm, Gott sei Dank! hat die Neu= zeit gesprengt.

Tanner.

Doch als der Großvater die Großmutter nahm,
Lag noch das Gewerb' und Handel nicht lahm,

Der redliche Fleiß schuf ein bürgerlich
    Glück —
O kämen die Großvaterzeiten zurück.
Chor (wiederholt die letzte Strophe).

Zehnte Scene.
Vorige, Kilian, einige Diener.

Kilian und einige Diener (stürzen fast athemlos zur Mittelthür herein).

Kilian (schreiend). Hochwürden, um Gottes willen! Hochwürden!

Alle (wenden sich beinahe erschreckt gegen die Eintretenden). Was ist's denn?

Kilian (mehr vorwärtskommend und nach Athem ringend). Ah! mir verschlagt's völlig die Red'! das Glück! — die Ehr'!

Ambros. Was denn? komm doch zu Dir!

Kilian. Ob ich zu mir komm' — daran liegt nichts, aber wer zu uns kommt — —!

Ambros. Nun, wer denn? — wer?

Kilian. Vor'm Gartenthor — ein' Equipage — vier Pferd' — und der Fürst mitten d'rin!

Tanner. Der Fürst Holdstein? — Unsere Herrschaft?

Kilian. Ja, er kommt auf eigenen hochfürstlichen Füßen auf's Haus zu — wir sein nur vorausg'loffen —

Tanner (mit einigem Stolze). Se. Durchlaucht will unsern Ehrentag durch sein Erscheinen verherrlichen! (Zu Francisca und Ambros.) Kommt, laßt uns ihm entgegengehen! (Wendet sich gegen die Mittelthür, welche sich eben öffnet.)

Eilfte Scene.
Vorige, Fürst Holdheim, zwei Bediente.

Die Bedienten (in fürstlicher Livrée öffnen beide Flügel der Mittelthür).

Der Fürst (ein noch junger Mann in elegantem Jagdcostüm tritt ein).

Tanner und Franc. (Ich tief vor ihm neigend). Durchlaucht — —

Fürst (zur ganzen Gesellschaft). Vor Allem bitte ich, sich durch mich in nichts stören zu lassen! Ich wurde von dem seltenen Feste in Kenntniß gesetzt, und es macht mir Freude, bei diesem Anlasse einem Ehrenmanne, welcher meinem Vater so lange Jahre redliche Dienste geleistet, glückwünschend die Hand zu drücken — (Hält ihm seine Hand hin.)

Tanner (seine Hand ehrfurchtsvoll ergreifend). Durchlaucht — die hohe Gnad' — (Will ihm die Hand küssen.)

Fürst (seine Hand rasch zurückziehend). Lassen Sie —! (Wendet sich zu Ambros.) Ah — der Herr Pfarrer! (Zu Tanner.) Ihr ältester Sohn? — nicht? — Aber Sie haben noch einen zweiten Sohn, der, wie ich hörte, in unserer Baukanzlei angestellt ist—

Tanner. Ja, mein Niclas hat das Glück —

Fürst. Ich kenne diesen noch nicht persönlich, denn ich bin erst vor Kurzem von weiten Reisen zurückgekehrt, um meine Herrschaft anzutreten; — aber er ist doch heute jedenfalls hier?

Tanner (etwas verlegen). Er — er hat allerdings um Urlaub gebeten und ihn erhalten —

Fürst. Natürlich! — zu so einer Feier! Ich würde es ihm sehr verargt haben, wenn ich ihn nicht hier getroffen hätte!

Ambros (leise zu Berthold). Die Verlegenheit!

Fürst (wendet sich zu Ambros). Nun Herr Pfarrer! Ihr Bruder —?

Berth. (rasch entschlossen hervortretend). Als solcher hab' ich die Ehre, mich unterthänigst vorzustellen!

Fürst. Ah! Ist mir angenehm! (Zu Tanner.) Diesen Sohn werde ich Ihnen auf ein halbes Stündchen entführen, wenn dadurch das Fest nicht gestört wird —

Berth. (für sich). Mich entführen?

Tanner (zum Fürsten). Das Fest hat keinen schöneren Schluß finden können, als durch das beglückende Erscheinen Ew. Durchlaucht! — Besseres kann nicht mehr nachkommen, und wir werden deßhalb uns bald zum Aufbruch rüsten.

Fürst (zu Berthold). Es befinden sich auf unserm nahen Schlosse künstliche Wasserwerke, welche aber seit längerer Zeit ihren Dienst versagen; ich weiß nicht, liegt die Ursache an der Leitung oder am Pumpwerke — —

Berth. O! das werd' ich bald heraus haben! Gott sei Dank, vom Pumpen versteh' ich etwas!

Fürst. Es wurden mir eine Menge Pläne zur Wiederinstandsetzung vorgelegt — über diese möchte ich nun Ihre Ansicht hören. Wollen Sie mir also in das Schloß folgen! (Zu Tanner und Francisca.) Ich verlasse Sie wieder mit meinen besten Wünschen! (Alle Anwesenden grüßend.) Leben Sie Alle wohl! (Wendet sich gegen die Mittelthür, durch welche er abgeht.)

Alle Anwesenden (begleiten ihn bis zur Thür).

Tanner und Ambros (fassen hierauf jeder eine Hand Bertholds, und treten rasch mit ihm wieder in den Vordergrund).

Tanner. Berthold! Du hast Dich dem Fürsten als dein' Bruder Niklas präsentirt?!

Berth. Bitte — nur für den sein' Bruder! (Auf Ambros deutend.)

Ambros. Aber der Fürst glaubt doch —

Berth. Das ist seine Sach'! — Es glaubt mancher Fürst schon den Rechten gefunden zu haben und sieht sich später doch getäuscht!

Ambros. Aber jetzt sollst Du an der Stell' vom Niklas — —

Berth. Nun, mein Herr Bruder verdient doch für die mir bewiesene freundliche Gesinnung, daß ich auch etwas für ihn thu'! Also laßt mich nur hingeh'n!

Kath. (zu Berthold). Ich könnt' es Ihnen eigentlich verwehren, denn Sie sind mein Gefangener, aber gegen Ihr Ehrenwort, daß Sie sich zur bestimmten Stund' bei der Waldschenk' einfinden, laß' ich Sie indeß auf freiem Fuß!

Berth. Gilt! Ich betracht' mich als beurlaubten Sträfling! — aber (zu Tanner) Sie wollen schon den Heimweg antreten?

Tanner. Ja, und zwar wieder zu Fuß. (Zu Francisca.) Nicht wahr? Alte!

Francisca. Ja, der Abend ist so schön — Vollmond haben wir auch —

Frohm. Und ich und meine Leute werden Ihnen ein waidmännisches Ehrengeleite geben!

Berth. Da kommen Sie ja bei der Waldschenk' vorüber — die liegt nah' am Schloßberg — wenn Sie dort eine kleine Raststation machen wollen, so kann ich Sie noch treffen!

Tanner. Ja, ja, das thun wir, denn ich will erfahren, wie die G'schicht auf'n Schloß ausgeht — mir ist völlig bang —

Berth. Mir gar nicht! Was in's Maschinenwesen schlagt, darüber kann ich reden, und das werd ich nach meiner besten Ueberzeugung! Ich will's nicht halten wie and're Wassercommissionen, die viel Wasser machen, sondern ich will machen, daß's wirkliche Wasser kommt! Also auf baldiges Wiedersehen! Ich folge dem ehrenvollen Rufe! (Ab durch die Mitte.)

Tanner. Na, Gott geb', daß's keine üblen Folgen hat! Aber jetzt (zu Ambros, ihm die Hand reichend) dank'n wir Dir herzlich für alle Freud', die Du uns bereit' hast — und machen uns schön langsam auf den Weg!

Ambros. Auf dem wir Sie eine Strecke weit begleiten —

Alle. Ja — ja, wir Alle!

Frohm. Mein Cortege steht unten bereit! (Geht zum Fenster und gibt ein Zeichen.) Auf denn, unter Hörnerklang und Lustgesang!

(Von unten herauf ertönt folgender von Waldhörnern begleiteter Chor, in welchen die Anwesenden einfallen.)

Chor.

Der Tag geht zur Neige — die Sonne —
  sie sinkt,
Doch herrlich am Himmel der Abendstern
  blinkt!
Heil dem, der sein Tagewerk redlich voll-
  bracht,
Dem heiter der Abend des Lebens noch
  lacht!

(Während des Chores gehen Alle durch die Mitte ab; man hört, während die Verwandlung vor sich geht, den Gesang und die Hörner in immer weiterer Entfernung.)

Verwandlung.

(Ein aus Baumstämmen und Brettern gezimmerter Vorbau vor der Waldschenke, welcher nach dem Hintergrunde zu offen ist; seitwärts rechts eine Mauer des Hauses, durch welche eine Thür in dasselbe führt, neben letzterer ein beleuchtetes Fenster. Den Hintergrund nimmt eine waldige Anhöhe ein, von welcher ein Weg von links nach rechts herab führt. Der am Himmel stehende Vollmond ist anfangs von leichtem Gewölke bedeckt.

Zwölfte Scene.

Goldhahn, Menzinger, einige andere Gläubiger (treten vom Hintergrunde links in in den Vorbau).

Goldhahn (im Gespräch begriffen). Ich sag' Euch, ich hab' mir's fest vorgenommen g'habt, den Tanner-Berthold, wie er sich nur wieder blicken ließ, gleich einsperren z'lassen — aber wie ich ihn da bei seine alten Leut' g'sehen hab' — hat's mich doch a bißl packt —

Men. Na ja, den Alten zu lieb' muß man schon mit sich reden lassen —

Goldh. Wir werden sehen, was er für Termin' stellt, und ob er a Bürgschaft hat! Aber geh'n wir derweil in d' Stuben, dort können wir uns're Rechnungen z'sammstellen! (Sie gehen in die Schenke ab.)

Dreizehnte Scene.

Tanner, Francisca, Ambros, Philippine, Katharina, Peter (kommen vom Hintergrunde rechts).

Tanner (noch außerhalb des Vorbaues stehen bleibend und zurück in die Scene sprechend). Bis daher — aber weiter nehm' ich die Begleitung nicht mehr an! — Also leben's Alle wohl — auf Wiedersehen! Gute Nacht! (Tritt mit den Uebrigen in den Vordergrund.) So — dahier wollen wir auf unsern Bertholb warten! (Führt Francisca zu einer Bank.) Setz' Dich derweil, Alte! wir haben später noch ein gutes Stück Weg zu machen!

Franc. (sich setzend). Meinst vielleicht, ich halt's nicht aus? Hab' keine Sorg' — ich bin heut' völlig um 18 Jahr' jünger worn'!

Peter. Na ja — Sie haben auch heut' bei Ihrer goldenen Hochzeit noch ein' Sohn kriegt!

Franc. Wann er nur schon wieder vom Schloß z'ruck wär'!

Kath. (gegen das Fenster sehend). Ja — er wird von andern Leuten auch schon sehnsüchtig erwart'!

Vierzehnte Scene.

Vorige. Berthold.

Bertholds Stimme (noch außerhalb der Scene). Hurrah! Victoria!

Franc. (vom Sitze auffahrend). Das ist sei Stimm' —!

Tanner und Ambros. Ja — ja — er ist's!

Kath. Was rennt er denn so?

Berth. (kommt in freudiger Aufregung vom Hintergrunde links, den Hut schwenkend). Ach! Vater! Mutter! Schon da? — Ich bin auch da — und wie bin ich da!!

{ Tanner. Ja, was hast denn?
{ Franc. Wie ist's denn 'gangen?

Berth. Gut ist's gangen — sehr gut! — Ich hab' Alles ang'schaut — ha ha ha! was ist da zusammengezeichnet und zusammengeschrieben — wie viel Geld schon für Pläne hinausgeworfen worden! Alles auf dem Papier recht schön, aber practisch unausführbar! Ich hab' mich aber angeboten, die ganze Maschinerie nach einem neuen amerikanischen System wieder herzustellen. Ich hab's dem Fürsten erklärt, er war damit einverstanden, und hat mir die ganze Arbeit gegen ein Honorar von zehntausend Gulden übertragen, von dem ich die Hälfte schon morgen im Voraus beheben kann.

(Zugleich) {Tanner. Was? Du — so einen Auftrag?!
Franc. Das Glück!

Ambros. Aber die Täuschung laßt sich ja nicht weiter durchführen.

Berth. Das soll auch nicht geschehen; gleich morgen will ich das Mißverständniß aufklären — der Fürst wird seinen Auftrag deswegen doch nicht zurücknehmen, weil ich nicht mein Bruder bin! Mit einem Wort, Alles geht gut — ich kann aus meinen eigenen Mitteln alle meine Schulden bezahlen.

Kath. Sehen's nur erst, ob auch alle Ihre Gläubiger bereits beisammen sein. — *(Weist gegen das Fenster.)*

Berth. *(hineinsehend)* Ah ja! da b'rin sitzen ja die Ehrenmänner! Ich werd' gleich — *(Geht gegen die Thür der Schenke.)*

Kath. *(entfernt sich rasch und unbemerkt nach dem Hintergrunde links)*

Berth. *(öffnet die Thür und ruft hinein).* Nur heraus, meine Herren! Herr Wirth! bringen's ein Licht mit, denn 's handelt sich b'rum, wie viel ich, beim Licht besehen, noch schuldig bin!

Fünfzehnte Scene.

Vorige. Schmiedhannes, Goldhahn, Merzinger und die übrigen Gläubiger.

Schmiedh. *(tritt, einen Leuchter mit einer Glasglocke tragend, zuerst heraus).* Guten Abend allerseits! *(Stellt den Leuchter auf den Tisch, zu Berthold.)* Mich g'freut's nur, daß's wieder da sein! — Wegen dem, was's mir schuldig sein, brauchen's ka Sorg' z'haben, ich hab' mei Forderung eh' schon in' Rauchfang g'schrieben!

Berth. Deswegen ist sie doch nicht getilgt; Schulden sind ja keine Trichinen, die absterben, wenn man's gut räuchert! — Aber *(zu Goldhahn)* habt Ihr alle Posten zusammengeschrieben?

Goldh. *(ihm ein Papier hinhaltend).* Ja — da steht Alles genau berechnet — von uns Allen.

Berth. Geben's her mein Schuldenregister. *(Nimmt die Schrift und besieht sie.)* Na, die Summen sein wohl während meiner Abwesenheit etwas gewachsen —

Goldh. Ja — die Interessen — Gerichtskosten —

Berth. Ich weiß schon! Schulden sind wie die Pappelbäum'; je länger als sie stehen, desto mehr schießen's in die Höh'! — Und doch macht Alles zusammen nicht ganz sechstausend Gulden aus — kaum der Müh' werth!

Goldh. Ja, 's fragt sich nur, — in welchen Raten —?

Berth. Pah! Raten! Das ist langweilig! Ich will ein Absolutorium! Wenn Ihr Alle mit einand' auf einmal baare fünftausend Gulden kriegt, erklärt Ihr Euch für bezahlt?

Goldh. *(gierig).* Fünftausend Gulden! — baar?

Die Uebrigen. Ja! damit sind wir z'frieden! *(Ziehen Papiere hervor.)*

Berth. Also *(ebenfalls eine Schrift hervorziehend)* hier ist eine Anweisung an die fürstliche Casse — genügt Euch die?

Goldh. Wie Baargeld! Nur her damit!

Berth. Da! *(gibt ihm die Schrift)* und dagegen eure verhängnißvollen Papiere! *(Nimmt Allen die Papiere ab.)* Wir sind mit einander fertig!

Goldh. Vollkommen! stehe wieder zu Diensten! *(Zu den Uebrigen.)* Kommt's, kommt's, damit wir uns verrechnen! *(Ab mit den andern Gläubigern in die Schenke.)*

Berth. *(aufathmend).* Ah! die Luft ist rein, und jetzt wollen wir ein Autoda sé mit diesen Papieren halten! *(Hält sie über das Licht.)* Ah! seliges Bewußtsein! Alle Schulden bezahlt! 's gibt Niemand mehr, der was von mir z'fordern hat.

Sechzehnte Scene.

Vorige. Katharina, dann Sabine.

Kath. (ist wieder zurückgekommen, tritt zu Berthold vor, faßt ihn an der Hand, sehr ernst). Niemand? — Sehen's dorthin!

Sab. (eine Frauenperson von ungefähr sechs-unddreißig Jahren, aber von bleichem verkümmerten Aussehen, in der ärmlichen Kleidung einer Magd, ist von links außerhalb des Vorbaues über den Bergweg gekommen, und bleibt mit schlaff herabhängenden Armen auf der Anhöhe stehen, der Mond wirft sein volles Licht auf sie).

Berth. Was ist —? (Wendet sich gegen den Hintergrund, erblickt die Gestalt und taumelt erschreckt zurück.) Mein Gott! — Diese Gestalt — die bleichen Züg' — bist Du's — Sabin'!

Tanner, Franc. und Ambros (ebenfalls hinsehend, überrascht). Die Sabin!

Franc. (eilt auf Sabinen zu und führt sie mehr in den Vordergrund).

Kath. (zu Berthold leise). Ja, sie ist's — das einst blühende Mädchen, die Ihren Versprechen und Gelöbnissen zu viel geglaubt, und Ihnen — das Höchste geopfert hat.

Franc. (zu Sabinen). Aber um's Himmels willen! wie stehst Du aus?

Sab. (mit fast tonloser Stimme). Wie tiefe Kränkung, Noth und — Reue aussehen machen!

Tanner (zu Sabinen). Aber warum bist Du von uns fort? — Warum nicht zu uns zurückgekehrt, wenn's Dir anderwärts schlecht g'gangen ist?

Sab. Weil ich — Ihrer Wohlthaten — Ihrer Liebe nicht mehr — würdig war! (Sinkt vor Tanner und Francisca in die Knie und verhüllt ihr Antlitz mit beiden Händen.)

Berth. (erschreckt). Gott! ich errath' — Ich hab' damals fort müssen — —

Kath. Und haben eine Schuld hinterlassen, von der Sie bei Ihrer Flucht selbst keine Ahnung g'habt haben!

Berth. (eilt zu Sabinen und richtet sie auf). Sabin'! faß' Dich — ich will auch Dir ein redlicher Zahler sein!

Sab. (schmerzvoll lächelnd). Achtzehn Jahre hingebracht — scheu und verborgen — kämpfend mit Noth — gequält von Gewissensbissen — gejagt von verzweiflungsvollen Gedanken — wie willst — wie kannst Du mir das bezahlen?! — Mir nicht mehr — ich übertrag' meine Forderung an — eine — Andere! (Eilt zu Philippinen, faßt ihre Hand und zieht sie zu Berthold.) Sorg' für Die — für ihr Glück — und ich bin bezahlt! (Sinkt erschöpft in Katharinens Arm zurück.)

Berth. Allmächtiger! — die Philippin' —? sie — sie ist — — —?!

Schluß-Gruppe.

(Der Vorhang fällt.)

Dritter Act.

(Zimmer im Pfarrhause mit einer Mittel- und zwei Seitenthüren. Im Vordergrunde rechts ein Divan und zwei Stühle, links ein Tisch und ein Stuhl; es ist früher Morgen.)

Erste Scene.

Ambros (tritt durch die Mittelthür ein).

Na — Gott sei Dank! g'rad hör' ich, daß sich die arme Sabin' wieder erholt hat, der Schankwirth hat sie in sein bestes Zimmer gebracht — die Frauen sind bei ihr geblieben — und jetzt werden's wohl Alle bald wieder zu mir heraufkommen können! (Horcht.) Ah — ich hör' schon dem Berthold seine Stimm' —

Zweite Scene.

Ambros, Katharina, Berthold.

Berth. (tritt, Katharina an der Hand führend, durch die Mitte ein, und mit ihr in ungestümer Hast in den Vordergrund). Ich bitt' nur hier herein —!

Kath. Na — na! Sie könnten wohl etwas zarter vorgehen!

Berth. Verzeihen Sie — aber meine Ungeduld — und heut' steh' ich als Gläubiger vor Ihnen, und Sie sind mir schuldig!

Kath. Ich — Ihnen? — Was?

Berth. Aufschlüsse! — Sie haben zu einem Roman', den ich vor achtzehn Jahren angefangen hab', gestern ein Schlußcapitel geliefert, aber alle Blätter, die zwischen dem ersten und letzten liegen, haben Sie noch zurückgehalten — mir fehlt noch der innere Zusammenhang — (ernst und betonend) ich weiß nicht, ob dieser Ausgang gehörig motivirt ist! — Ich bitt' also um ein Supplement!

Ambros (Katharinen einen Stuhl bietend). Aber nehmen's doch Platz.

Kath. (setzt sich).

Berth. So — jetzt sitzen Sie — aber stehen Sie mir Red'! — Wo — wie — wann haben Sie die Sabin' kennen gelernt? — wie hat sie seit der Zeit gelebt? — wie sind Sie hinter ihr Geheimniß gekommen? — Was haben Sie für Beweise?

Kath. (sich lächelnd verneigend). Ich werde die Ehre haben, diese Interpellationen der Reihe nach zu beantworten! — Aber wollen die Herren sich nicht auch setzen?

Ambros (setzt sich neben Katharina).

Berth. (setzt sich auf einen Stuhl neben dem Tische links).

Kath. Jetzt hören Sie!

Berth. (ungeduldig). Ja — ja — mit beiden Ohren! — Aber fangen Sie nur an!

Kath. Ich muß bei meiner Kindheit anfangen — ich war noch nicht zehn Jahr' alt, wie meine Mutter gestorben ist. Mein Vater, ein armer Bergmann, tief b'rin im Gebirg', der oft wochenlang nicht aus der Teuf' heraufkommen ist, er hat also nicht gewußt, wem er uns Kinder zur Aufsicht übergeben sollt' — da kommt eines Tages eine fremde Frauensperson — müd' und beinah' verschmacht zu uns — ich seh' sie noch vor mir — ein hübsches, sanftes Wesen — aber zu was soll ich's Ihnen (zu Berthold) beschreiben?

Berth. Es war die Sabin' —?! Und was hat die bei Ihnen g'sucht?

Kath. Nichts, als ein'n Platz in unsrer Hütten, wo sie ihr müdes Haupt hinlegen, nichts als ein Stück Brod, mit dem sie ihren Hunger stillen könnt', und dafür hat sie sich angetragen, alle Arbeiten zu verrichten und auf uns Kinder Acht zu haben! Dem Vater war so eine Hilf' willkommen, und sie ist bei uns geblieben als die ärmste, aber fleißigste und bravste Magd.

Berth. (vom Sitze aufspringend und unruhig auf- und niedergehend). Als Magd! — die Sabin'!! —

Kath. Wie später der alte Stahlberg mich zur Frau g'nommen hat, hab' ich sie mit mir in's Herrenhaus von unserm großen Gewerk nehmen wollen, sie aber hat mich mit aufgehobenen Händen gebeten, ich soll sie in der Hütten meines Vaters, die versteckt im Wald' liegt, lassen! — Nach dem Tod' von mei'm Mann ist sie wohl manchmal auf B'such zu mir kommen und so war's auch gestern bei mir, wie auf einmal der alte Goldhahn 'kommen ist, und g'sagt hat, daß Sie (zu Berthold) wieder z'ruckkommen sein.

Berth. (gespannt). Und da — da?

Kath. (aufstehend). Da — ist ihr Gesicht auf einmal leichenblaß worden — ein Zittern hat ihren ganzen Körper befallen — endlich sein Thränen ihren Augen entstürzt, und — wie wir wieder allein waren, hat sie mir Alles bekannt.

Berth. Was? — Was? (Während der Fortsetzung von Katharinens Erzählung setzt er sich

3*

wieder an den Tisch, stützt das Haupt in die aufgestemmten Hände — ringt nach Athem und stöhnt zuletzt schmerzvoll auf.)

Kath. Daß sie, erst nachdem Sie flüchtig geworden, selbst erkannt, welche Straf' der Himmel für ihr jugendliches Vergehen über sie verhängt, daß sie sich nicht getraut hätt', länger im Haus' ihrer Wohlthäter zu bleiben, sondern lieber ihre geringe Hab' verkauft, und, als der Erlös zu Ende war, gedarbt hätt', bis in der Brust der Bettlerin auch der natürliche Nahrungsquell für ihr — Kind versiegt war — da —

Dritte Scene.

Vorige, Sabine, Francisca.

Sabine (ist mit Francisca unbemerkt durch die Mittelthür eingetreten, eilt nun vorwärts und sinkt zu Ambros' Füßen in die Knie). Da hat mich die Verzweiflung dazu gebracht, mein Kind vor Ihre Thür zu legen — Sie waren der Bruder dessen, der Schuld an meinem Unglück trug, ich wußte, wie warm Ihr Herz sich jedes Verlassenen annimmt und das Vertrauen —

Ambros (sie aufhebend, im Tone sanften Vorwurfes:). Hätt' Sie bestimmen sollen, mir damals schon Alles mitzutheilen.

Sabine. Damals war er (auf Berthold weisend) nicht hier, und nur sein Bekenntniß kann meine Schuld mildern!

Berth. Ja — ich — ich allein bin der Strafwürdige — aber Gott ist mein Zeuge — ich will alles gut machen! (Breitet seine Arme aus.) Sabine!

Sabine (mit der Hand eine abwehrende Bewegung machend, mit kalter Ruhe). Du würdest meine Absicht verkennen, wenn Du glaubtest, ich habe Dich aufgesucht, um Dich zu zwingen, deine einstigen Versprechungen zu erfüllen!

Berth. Aber wer sagt denn, daß ich erst gezwungen werden müßt' —

Sab. (schüttelt ernst das Haupt). Ich weiß, ich bin vor der Zeit gealtert —

Berth. Aber — —
Sab. O suche mir das nicht wegzuschmeicheln, was ich im Innersten fühle! — Ich bin alt! — An Dir sind die Jahre fast spurlos vorübergegangen — Du hast noch Ansprüche an das Leben — mache sie geltend —

Berth. Aber unsre Tochter — —
Sab. Eben um ihr Glück begründen zu können, bedarfst Du deiner vollen Freiheit. — Ich gebe sie Dir — um meines Kindes willen!

Berth. Ich versteh' Dich nicht!
Sab. (mit trübem Lächeln). Du wirst es, wenn Du mit dieser Frau (auf Katharina weisend) gesprochen hast — verständige Dich mit ihr — mich lasse meine Tage in stiller Verborgenheit beschließen! — Lebe wohl. (Wendet sich zum Abgehen.)

Berth. (will ihr nach.) Aber so hör' doch —

Franc. (zu Berthold). Laß' sie jetzt mir! Komm, arme Sabin'! (Geht mit ihr durch die Mitte ab.)

Berth. (zu Katharinen). Mit Ihnen soll ich reden? und wegen meiner Tochter — aber ich hab' ja mit ihr selber noch nicht g'redt — (Zu Ambros.) Ich bitt' Dich — schick' sie zu mir — wir müssen uns ja doch zuerst verständigen — und dann — dann will ich mich (wieder zu Katharina) mit Ihnen berathen —

Ambros. Nun gut — ich schicke Dir das Mädchen! (Ab nach rechts.)

Kath. Und ich will Sie nicht stören! (Ab durch die Mitte.)

Berth. (allein). Meine Tochter! — Ich bin Vater! — Eigenthümlich! — Wie hart mir bisher oft das Schicksal entgegengetreten ist, ich hab's in meinem Leichtsinn lachend an mich herankommen sehen — ja, ich hab' oft über meine eigne Lag' Witze reißen können! — Der Leichtsinn ist eben das Gegentheil vom Schöpfer — dieser hat aus Nichts Alles gemacht, und der Leichtsinn macht sich aus Allem nichts! — Aber das Schicksal seines eigenen Kindes — sich auch aus dem nichts machen, das wär' nicht mehr leichtsinnig, sondern grundschlecht — und das war ich nie, und werd's nie sein!

Vierte Scene.
Berthold, Philippine.

Philipp. (tritt aus der Seitenthür rechts, bleibt aber anfangs, die Augen zu Boden schlagend, an derselben stehen).

Berth. (für sich). Da ist sie! — (Sie mit einigem Wohlgefallen betrachtend, für sich.) Was für ein liebes Kind! wie ein Rosenknösperl im Frühjahr! (Laut, herzlich.) Pinerl!

Philipp. (ängstlich). Sie befehlen?

Berth. Befehlen?! — Hm! ich könnt's wohl, und Du — Du müßtest mir gehorchen, denn ich bin dein Vater!

Philipp. (wie oben). Ja, der Herr Pfarrer sagt's —

Berth. Und dein Herz nicht auch? Ist denn die Natur eine alte Sängerin, daß sie ihre Stimm' verloren hat? — Komm' doch näher!

Philipp. Gleich! (Tritt schüchtern etwas näher.)

Berth. Noch näher! noch näher! (Breitet seine Arme aus.)

Philipp. (wieder etwas näher kommend). Ja — ich — ich folg' ja — (Bleibt wieder stehen.)

Berth. Und bist mir doch noch nicht nah' genug! (Eilt auf sie zu und drückt sie an seine Brust.) So! so! mein Kind — mein lieb's, lieb's Kind!

Philipp. (will sich ängstlich seinen Armen entwinden, stehend). O lassen's mich!

Berth. Nicht eher, als bis Du: „Vater" zu mir g'sagt hast! Geh'! ich bitt' Dich! Nur das eine Wort! Fallt's Dir denn gar so schwer? — Schau mir in's Aug' — (richtet ihren Kopf empor und blickt sie liebevoll an) kannst Du darin nichts lesen?

Philipp. (sieht ihm ins Auge, für sich). Ja — er sieht mich so gut — so lieb' an! und wenn's ihm Freud' macht (wendet sich zu ihm, noch etwas schüchtern): Vater!

Berth. (entzückt). „Vater" das ist sonst das erste Wort, was ein Kind reden lernt! — Die Freud' ist mir entgangen! Ach — ich fühl's jetzt, ich hab' viel — viel entbehrt! Ich hab' Dich nicht heranwachsen — nicht dein erstes Lächeln — nicht die ersten Schritte, die Du allein zu machen versucht hast, sehen können! — O, ersetz' mir jetzt das, was mir bisher entgangen ist, hab' mich lieb — recht lieb! (Schließt sie wieder in seine Arme.)

Philipp. (nach und nach herzlicher werdend). Ja, Sie werd' ich schon eher lieb haben können, als Ihren andern Bruder, den Herrn Niclas — das hab' ich wohl schon gestern g'fühlt, — Sie haben mich nicht mit so ein' finstern Blick ang'schaut — waren nicht so unfreundlich mit mir —

Berth. Das werd' — das könnt' ich nie sein! — Im Gegentheil, ich will nur daran denken, dein Leben recht freudig zu machen, Dir jeden billigen Wunsch zu erfüllen! — Sag' mir nur gleich, hast Du irgend ein' Wunsch auf dem Herzen?

Philipp. (sieht verlegen zur Erde).

Berth. Genir' Dich nicht — sag's nur! (Da Philippine noch schweigt.) So geh! — hab' Vertrauen! setz' Dich da zu mir! (Setzt sich auf einen Stuhl und zieht Philippinen auf seinen Schooß, ihr die Locken streichelnd.) Red' jetzt als Kind zum Vater! — Was willst denn? Eine Puppe? — Der bist Du wohl schon entwachsen! aber vielleicht ein recht schönes Kleid?

Philipp. (schüttelt verneinend den Kopf).

Berth. Oder einen Schmuck?

Philipp. (wie oben).

Berth. Oder was für deine Zimmereinrichtung?

Philipp. (wie oben).

Berth. Auch nicht? — Hm! mein guter Bruder, der Ambros, wird Dir wohl ohne-

hin schon Alles angeschafft haben, wornach dein Herz verlangt?
Philipp. (seufzt).
Berth. Ein Seufzer? hat er Dir was versagt?
Philipp. (traurig). Ja — er hat g'sagt — den Gedanken soll ich mir aus dem Kopf schlagen!
Berth. Was für ein Gedanken?
Philipp. (zögernd). Na — den — an den — Franz!
Berth. (eigenthümlich überrascht). Den — Franz? — Du — Du hast schon einen Franz?! (Läßt sie langsam von seinem Knie herab und steht auf, für sich.) Alle Wetter! — (Sich wieder zu ihr wendend, laut.) Und wer — wer ist der Franz?
Philipp. Na — der Sohn von Ihrem Bruder Niclas!
Berth. Was? der junge Bursch' —?
Philipp. Aber ist denn die Jugend ein Fehler? Und er — o! er redt schon so g'scheidt!
Berth. Vielleicht weil er Dir seine Lieb' erklärt hat?
Philipp. (mit hervorleuchtender Freude). Ja — das hat er!
Berth. Und Du — Du —?
Philipp. Ich — hab' ihm nichts erklärt, weil ich mir's selbst noch nicht erklären kann, wie mir seitdem ist! — Ich war so selig — aber wie der Herr Pfarrer mir g'sagt hat, es könnt' nichts 'draus werden, ist mir so weh — so weh worden! (Hoffnungsvoll.) Aber Sie — Sie haben ja g'sagt, daß Sie froh wären, mir was geben z'können, was mir eine Freud' macht—
Berth. Na ja — ich hab' glaubt, eine Puppe oder so was — (für sich) derweil verlangt sie einen Wurstel! (Laut. doch sanft.) Schäm' Dich — bist schon so groß! — Nein — nein —!
Philipp. (sich an ihn schmiegend). Lieber Vater!
Berth. (erfreut). Gott, wie wohl das Wort meinem Herzen thut — (Drückt sie innig an sein Herz.) Mein liebes — liebes Pinerl! (Küßt sie wiederholt.)

Fünfte Scene.

Vorige, Franz.

Franz (reißt haftig die Mittelthür auf, will hereinstürzen, erblickt aber die Gruppe und ruft entsetzt aus). Ha! Verrath!
Philipp. (steht sich nach ihm um — hocherfreut). Der Franz!
Berth. (sich ebenfalls umsehend). Der Wolf in der Fabel!
Franz (stürzt zu Berthold vor, faßt ihn ungestüm am Arme — mit drohender Miene). Mein Herr! —
Berth. (ihn mit den Blicken messend). Was ist das für eine Sprach'? — Weißt Du nicht, wer ich bin?
Franz. Ja — Sie sind der Bruder meines Vaters — mein Blutsverwandter — aber, nach dem, was ich eben gesehen, sistire ich die Verwandtschaft, und forb're nur Blut! (Reiße zu ihm.) Sie haben meine Geliebte umarmt — Sie werden mir Genugthuung geben!
Berth. Ha ha ha! — das Büberl denkt an ein Duell!
Franz (beleidigt). Was „Büberl"! — Ich hab' mich vorige Woche zum ersten Mal rasirt!
Berth. Wenn Du dadurch einen Eiderbunen-Anflug, unter deiner Nase hervorzukitzeln hofft, so rasir' Dich, mich aber und vor Allem die (auf Philippinen weisend) laß' ungeschoren! Das bitt' ich mir aus!
Franz. Sie haben mir in Bezug auf die Philippine gar nichts zu verbieten — nicht einmal der Onkel Pfarrer kann ein unbedingtes Veto einlegen — sie ist ein gefundenes Kind, da kann er höchstens zehn Procent von ihr beanspruchen, als Finderlohn — alles Uebrige an ihr ist freies Mädel!
Berth. So? — Du weißt aber noch

nicht, daß nicht nur die Philippin' gefunden ist, sondern auch ihr Vater!

Franz (überrascht). Ihr Vater? — wo ist der hingelegt worden? — Und wer ist's?

Berth. Ich — ich bin ihr Vater!

Franz. Sie? — Sie sagen das mit einer staunenswerthen Zuversicht —!

Philipp. (eilt zu Franz). Ja — ja — er ist's! — Er allein hat von jetzt an über mein Schicksal zu entscheiden — o! trachten's, daß er auch Ihnen gut wird!

Franz (für sich). Da heißt's freilich bedeutend umstecken! (Tritt zu Berthold, eine chevalereske Haltung annehmend.) Herr Onkel! bei so bewandten Umständen konnten Sie allerdings die Philippine umarmen!

Berth. Na — wenn nur Du nichts dagegen hast!

Franz. Wir schlagen uns also nicht! (Hält ihm die Hand hin.)

Berth. (spöttisch.) Wie mich das freut! Ich hab' mich schon so g'forchten!

Franz. Es ist mir selbst lieb — mir wäre leid um Sie gewesen, denn — ich bekenn' es — Sie haben schon gestern einen sehr günstigen Eindruck auf mich gemacht —

Berth. (wie oben). Sehr schmeichelhaft!

Franz. Nein, im Ernst! Es besteht eine gewisse Sympathie zwischen uns — eine Aehnlichkeit der Charaktere — ich fühle, daß ich bin, wie Sie selbst in meinen Jahren waren!

Berth. Was? Du bist, wie ich in dein' Alter war? — jetzt schau' aber gleich, daß b' weiter kommst!

Franz. Ich meine nur in einer Beziehung — Sie sind einst durchgegangen, und ich — ich bin meinen Eltern heut' auch durchgegangen!

Berth. und **Philipp.** Was? durchgangen?!

Franz. Ja, mein Papa wollte mich in der Stadt unter strenge Aufsicht stellen, damit ich nie mehr mit der Philippine zusammenkommen könne, und sperrte mich indeß über Nacht in mein Cabinet ein — er vergaß aber, daß dieß nicht nur eine Thür, sondern auch ein unvergittertes Fenster habe — zwar sechs Klafter über dem Erdboden — aber die Liebe, die den Tiger zum Lamm macht, kann auch ein Leintuch in ein Seil verwandeln — an diesem ließ ich mich herab — rannte durch Nacht und Nebel — durch Dick und Dünn — und — bin da!

Philipp. (gerührt). O Franz!

Berth. (für sich). Der Kerl g'fallt mir — er hat Race! Aber ich darf ihm nichts merken lassen! (Laut, einen strengeren Ton annehmend.) Ja — da bist! — Aber was willst Du dahier anfangen?

Franz. Ich will anfangen, aufzuhören ein Sclave zu sein — ich will anfangen mich als freier Mann zu zeigen, mir keinen Beruf oetroyiren zu lassen — auch nicht von meinem Vater! — Ich will nicht in einer Kanzlei hocken und mein Vorwärtskommen davon abhängig sehen, daß unter meinen Vormännern eine Seuche ausbricht! — Meinethalben soll die ganze Menschheit leben, und ich will doch vorwärts kommen, durch mich selbst — durch eine naturgemäße Thätigkeit!

Berth. (für sich). Jamos! — Ich kann ihm gar nicht Unrecht geben! (Laut.) Aber was verstehst Du denn unter naturgemäßer Thätigkeit?

Franz. Leben in und vom Feld und Wald, als tüchtiger Landwirth — und dann heiraten! das ist naturgemäße Thätigkeit!

Berth. Heiraten?! — Und Du hast nichts, und sie hat auch nichts!

Franz. Adam und Eva haben auch nichts gehabt, nach der Expropriation aus dem Paradies, und haben doch geheiratet; ein Beweis, daß der Herrgott selbst nicht wollte, daß der Mann nur eine reiche Aussteuer, oder die Frau nur einen Gagebogen heirate, sondern, daß es besser ist, wenn sie beide anfangs nichts haben, und erst miteinander verdienen und erwerben, dann können sie sich auch miteinander darüber freuen, und es kann nicht Eines dem Andern vorwerfen, daß das Vermögen von ihm allein herstamme!

Berth. (für sich). Der Bursch' red't g'scheiter als mancher Alte! (Laut.) Ja — ich seh', Du hast das Zeug, was Tüchtiges zu werden! Komm' her! — gib' mir die Hand! (Hält ihm seine Hand hin.)

Franz (eilt freudig auf Berthold zu und faßt dessen Hand mit seinen beiden Händen). Onkel! Sie geben mir also die Hand Ihrer Tochter?

Berth. (rasch seine Hand zurückziehend). Wer sagt denn das? Meine Hand hab' ich Dir geben, aber die der Philippine — —

Philipp. (eilt ebenfalls zu Berthold). Werden Sie ihm auch nicht verweigern — hat er doch schon mein ganzes Herz! (Umarmt Franz.)

Berth. (rasch zwischen Beide tretend). Na seib's so gut! — Gleich auseinand'!

Franz. Jetzt haben wir Sie in der Mitte — jetzt lassen wir Sie nicht aus, bis Sie weich geworden! Lieber Onkel! (Umarmt ihn von der einen Seite.)

Philipp. Lieber Vater! (Hängt sich von der andern Seite an seinen Hals.)

Berth. (bemüht sich vergeblich sie von sich wegzubrängen). Laßt's los! — Ich hab' kein Athem mehr — (zu Franz) druck nicht so! (Zu Philippinen.) Ich mag das Schmeicheln nicht! — werd's Ruh' geben!

Sechste Scene.

Vorige, Katharine.

Kath. (tritt durch die Mitte ein). Was g'schieht denn da?

Berth. (sich umsehend). Gott sei Dank! es kommt Succurs!

Philipp. und Franz (lassen ihn los).

Kath. (vorwärts kommend, zu Berthold). Was hat's denn geb'n?

Berth. Ah! kaum hab' ich eine Tochter bekommen, so meld't sich ein Sohn (auf Franz weisend) auch noch! (Mehr für sich.) Man soll't wirklich mit den Kindereien gar nicht anfangen!

Kath. (erstaunt). Ein Sohn?!

Berth. Nein — versteh'n's mich nicht unrecht — 's ist der Sohn meines Bruders, aber mein Schwiegersohn will er werden!

Philipp. Ja — das wär' mein höchstes Glück!

Kath. Und über das Glück Ihrer Tochter sollen Sie sich ja mit mir berathen — also (zu Philippinen und Franz) Laßt uns jetzt allein!

Berth. (zu Philippinen). Ja — geh' Du dahinein - (auf die Thür rechts weisend) und Du (zu Franz) dort hinaus, und wartet das Resultat unserer Conferenz ab!

Philipp. (ab nach rechts).

Franz. Warten — und immer warten — das ist das Losungswort unserer Zeit! Na gut — ich füg' mich jetzt, aber das sag' ich Ihnen, gar zu lang' geht's mit dem Warten nicht mehr! (Durch die Mitte ab.)

Berth. Wir sind allein! Jetzt sagen Sie mir, was das Alles zu bedeuten hat, die Sabin' entsagt allen Ansprüchen — gibt mir die volle Freiheit —

Kath. (absichtlich etwas coquett). Nun — für einen Mann Ihres Alters und Ihrer Eigenschaften ist die Freiheit noch immer ein Gut, das sich verwerthen läßt.

Berth. Ich wüßt' im Augenblick wirklich nicht, was ich damit anfangen soll.

Kath. Nicht? Sie haben doch gestern so gethan, als ob Sie Ihre Freiheit zu dem Einsatz' verwenden wollten, mit dem man in der Ehestandslotterie sein Glück machen kann!

Berth. Ja — gestern!

Kath. Nun — was hat sich denn seit gestern so verändert?

Berth. Meine Umstände — ich bin ganz unverhofft Vater geworden!

Kath. Hm! Vater von ein'm Kind,

was bereits in dem Alter ist, wo das Weib Vater und Mutter verläßt, um dem Manne zu folgen, den es liebt! — Machen Sie ihr das möglich, und Ihre Vaterpflichten sind erfüllt!

Berth. Als ob das nur von mir abhing? Da müßte ja auch mein Herr Bruder, der Niclas —

Kath. Der wurd' wohl auch nichts dagegen haben, wenn er sieht, daß sein Sohn eine gute Partie macht.

Berth. Eine gute Partie? — meine Tochter —?

Kath. Sie wär's, wenn zuerst Sie selbst eine gute Partie gemacht hätten!

Berth. Sie meinen also im Ernst — ich sollt — mich verheiraten?

Kath. Ja — aber vernünftig! — Auf ein junges Mädel dürften's g'rad nicht reflectiren — aber — (die Augen zu Boden schlagend und ihn doch seitwärts anblickend) es gibt ja — Wittwen, die noch ganz passabel sind!

Berth. Ja — ja — (etwas näher tretend) es gibt ihrer!

Kath. (wie oben). Die — ich sag' nur so zum Beispiel — ein großes Geschäft haben, zu dem unbedingt ein Mann nothwendig ist!

Berth. Ja, ja — es gibt solche Geschäfte! (Tritt wieder etwas näher.)

Kath. (wie oben). Und die so vernünftig sind, daß sie auch keinen jugendlich schwärmenden Liebhaber, sondern nur einen treuen Freund zum Mann haben wollen —

Berth. (ganz nahe zu ihr tretend und ihre Hand fassend). Und — wenn ich nun so ein treuer Freund sein wollt —?

Kath. (noch etwas coquett). Dann — dann — (Plötzlich ihren natürlichen Ton anschlagend.) Ah was! — reden wir g'rad und ehrlich! — Ich sag' Ihnen, Sie gefallen mir — mein Gewerk braucht ein'n Mann, der 's Maschinenwesen versteht — Sie brauchen ein Vermögen, um Ihrer Tochter eine ordentliche Aussteuer geben zu können, und wenn Sie also entschlossen sein, Ihrer Tochter zu lieb —

Berth. O bitte — ich könnt' schon auch mir selbst zu lieb — —

Siebente Scene.

Vorige. Tanner.

Tanner (tritt bei den letzten Worten Bertholds durch die Mittelthür ein, bleibt aber überrascht im Hintergrunde stehen).

Kath. (ohne Tanner zu bemerken zu Berthold). Also — wollen Sie mir Ihre Hand reichen?

Berth. (seine rechte Hand besehend, noch zögernd). Diese Hand —?

Kath. Nun — sie ist ja frei!

Berth. Ja wohl, aber wenn ein Gefesselter plötzlich frei wird, so ist's ihm im Anfang' doch immer so, als ob er noch die Ketten spüret, die ihn an der freien Bewegung hindert! — so geht's auch mir! (Fast wehmüthig.) Die Sablin' — —!

Kath. Mit der ist schon Alles abgemacht! Sie hat mich gepflegt und erzogen, dafür werfe ich ihr eine Summe aus, von der sie in irgend einer Provinzstadt recht anständig leben kann — mehr verlangt sie sich nicht, wenn sie nur ihre Tochter versorgt weiß —

Berth. Und die —?

Kath. Die soll ein' Aussteuer kriegen, als ob sie auch meine Tochter wär'. Wir geben ihr die Landwirthschaft mit der großen Meierei, die unweit vom Herrenhaus liegt, damit Sie's in der Näh' behalten — uns bleibt ja doch noch g'nug! Sie wären der Herr vom Gewerk — Mitbesitzer eines Vermögens von ein paarmal hunderttausend Gulden — —

Berth. Gnädige Frau! Diese Großmuth! — Sie macht mich ganz wirblicht — ein völliger Schwindel faßt mich —

Kath. In dem Zustand sollen Sie sich durch kein entscheidendes Wort binden!

Ueberlegen Sie sich Alles reiflich, und dann sagen Sie mir mit ruhiger, männlicher Entschlossenheit: „Ja" oder „Nein"! — Ich laß' Ihnen den ganzen Tag Bedenkzeit! — Also auf Wiedersehen! — Ich hoff' auf frohes Wiedersehen! (Ab nach rechts.)

Berth. (in höchster Aufregung auf- und niedergehend). Begreif' ich's denn? — Ist's denn möglich? Schon nahe an vierzig Jahr', und noch so eine Zukunft voll Glück und Sonnenschein — das Stahlberg'sche G'werk! — ich kenn's — ein's der größten im Land — das Herrenhaus mit den prachtvollen großen Sälen —

Tanner (tritt vor, sehr ernst). Ja, ja, die wirst Du brauchen!

Berth. (überrascht). Sie, Vater!! — Aber — was sagen Sie? — Ich werd' die großen Säl' brauchen? — Wozu?

Tanner. Damit dein Gewissen d'rin Platz hat!

Berth. Mein Gewissen?!

Tanner. Ich hab' die Anträg' g'hört, die die Frau von Stahlberg Dir g'macht hat —

Berth. Nun — hat sie mir nicht eine reizende Aussicht eröffnet?

Tanner. Ja, ja — wundervoll! — O! ich kann mir Dich vorstellen, wie Du auf dem Balcon vom Herrenhaus stehen wirst, und beine Blick' hinausschweifen werden auf grüne Wälder, reiche Aecker — blühende Wirthschaften und Du stolz sagen wirst: „Das Alles ist mein!"— Aber über der reizenden Landschaft wölbt sich der Himmel, und an dem wird manchmal eine graue Wolke aufsteigen — und eine eigenthümliche G'stalt annehmen — je länger als d'hinblickst, desto deutlicher wird's — 's schaut aus wie ein niedergebeugtes — durch Dich namenlos unglückliches Weib!

Berth. (ergriffen). Der Gedanken an die Sabin'—?! — Aber, Vater! es soll ja für ihre Zukunft gesorgt werden —

Tanner (auffahrend). Gesorgt! — ja mit Geld soll sie abgefertigt werden, wie eine — — ich will's gar nicht sagen! — Geld gib, wem Du Geld schuldig bist — ihr aber bist Du die Ehre schuldig, also mußt Du ihr auch ihre Ehre zurückgeben!

Berth. Ich hab' ihr meine Hand angeboten, sie hat selbst darauf verzichtet!

Tanner. Ja, sie will sich opfern — darfst aber Du das Opfer annehmen?

Berth. Ich opfer' mich auch! Nur da mit meine Tochter nach ihrer Herzenswahl heiraten kann, heirat' ich!

Tanner (mit Spott). Ha ha ha! Das Opfer! Du nimmst ein junges hübsches Weiberl — wirst ein reicher Mann — kannst in Ueberfluß und Ueppigkeit leben.

Berth. An all' das denk' ich nicht, sondern nur an meine Tochter!

Tanner. Ja, denk' an sie! Denk' ob sie Dich noch wird achten und lieben können, wenn sie erfährt, daß Du an ihrer Mutter so schlecht gehandelt hast!

Berth. (erschüttert). Schlecht?! —

Tanner. Ich find' kein and'res Wort! (Eindringlich.) Berthold! Ich hab' Dich gestern, wie Du noch als armer Teufel vor mir erschienen bist, verzeihend an die Brust drucken können; aber wenn Du auf die Art reich geworden, in einer vierspännigen Equipage vor mein Haus vorg'fahren kommst, so wird Dir Thür und Thor verschlossen bleiben!

Berth. (unschlüssig). Mein Gott! in mir kreuzt und verwirrt sich Alles! die Sabin' — die Frau von Stahlberg — meine Tochter — der Bruder Niclas — ja! wenn sich nur der bestimmen ließ — — —

Achte Scene.

Vorige. Franz, dann Peter.

Franz (stürzt angstvoll zur Mittelthür herein). Großvater! Onkel!

Tanner (überrascht). Na, na, na! Was ist's denn?

Franz. Mein Vater — die Mutter — die Schwester — meine ganze Familie ist wieder da — ich hab' den Wagen am Gartenthor halten sehen —

Tanner. Na, und was weiter?

Franz. Sie sein offenbar nur wegen mir da! sie fahnden auf mich — sie wollen mich nach der Stadt zurückschleppen —

Tanner. Wenn deine Eltern wollen, so mußt Du gehorchen!

Franz. Ich kann nicht! Zehn Locomotive bringen mich nicht von hier fort, ehe mein Schicksal entschieden ist! — Großvater! Onkel! sein Sie barmherzig! liefern Sie mich nicht aus — interniren Sie mich — ich lege meine Waffen ab — da ist mein Federmesser! *(Zieht es hervor.)*

Tanner. Der Bursch' ist närrisch!

Franz. Nur in so weit, als es sich für einen Verliebten schickt! *(Horcht gegen die Mittelthür, erschreckt.)* Ha! ich hör' kommen! Onkel! schützen Sie mich! *(Eilt hinter Bertholds Rücken.)* 'S kommt der Herr Papa!

Peter *(tritt bei den letzten Worten Franzens durch die Mittelthür ein, lachend).* Nein — vor der Hand bin nur ich's!

Franz *(kommt wieder hervor, aufathmend).* Der Peter!

Tanner *(zu Peter).* Und mein Sohn der Niclas —

Peter. Ha ha! den hab' ich indeß auf eine andere Fährt' bracht!

Tanner. Wieso und warum?

Peter. Na — aus zarter Rücksicht für den Buckel von dem jungen Herrn! *(Auf Franz weisend.)* Der Herr Vater hat nämlich, wie er mich erblickt hat, gleich g'fragt, ob Sie da sein? Dabei hat er aber das spanische Rohr *(das in seiner Hand befindliche Rohr zeigend)* so bedenklich geschwungen —

Franz. Das spanische Rohr? *(Seinen Rücken reibend.)* O wehmuthsvolle Erinnerung an meine Bubenheit!

Peter. Ich hab's aber dahin 'bracht, daß ihm der Steck aus der Hand g'fallen ist, und hab' ihn dann in Verwahrung g'nommen!

Franz. Sehr vorsichtig! — So eine Waffe geht leicht los! — Und mein Papa?

Peter. Dem hab' ich gleich erzählt, daß gestern Se. Durchlaucht unser Fürst da war, und nach ihm g'fragt hätt' —

Berth. *(zu Peter).* Mein Gott — an was erinnerst Du mich! — Und was hat mein Bruder —?

Peter. Der war so überrascht, daß er gar nicht weiter um sein'n Sohn g'fragt hat — er will hinauf auf's Schloß — sich vorstellen —

Berth. Aber der Fürst weiß noch nichts von der Verwechslung — und wenn jetzt der Niclas vor mir hinaufkommt — —

Peter. Sie können leicht früher oben sein, als der Herr Bruder — der will sich erst in Ort nach ein'm schwarzen Frack umschauen und nach ein'm weißen Cravatel — bis er sich also audienzmäßig adjustirt hat — —

Berth. Indeß bin ich auf dem Schloß — der Fürst erwartet mich ohnehin — ich komm' gleich vor, und werd's schon machen, daß der Niclas nicht früher gemeldet wird, als bis ich Alles in's Reine gebracht hab'. — Nur schnell hinauf! *(Will fort.)*

Tanner *(hält ihn zurück).* Berthold! Du wirst Dich doch oben nicht in einer Art über dein'n Bruder äußern, die ihm nachtheilig sein könnt'?

Berth. Ich — über ihn —? *(Plötzlich einen Gedanken fassend.)* Ha! jetzt weiß ich, was ich thun muß, um mein'n stolzen Herrn Bruder recht zu bemüthigen —!

Tanner *(erschreckt).* Um Gottes willen! Berthold!

Berth. *(auf Tanner zueilend und ihn umarmend).* Was könnt' ich Ihnen zu Lieb nicht thun? — Sein's also ganz ruhig, Vater! — ruhig in jeder Beziehung! Wir wollen heut' noch Alle mitenander eine kleine Nachfeier des gestrigen Festes begehen! *(Zu Franz.)* Jetzt komm' — Du sollst sehen, wie ein geschickter Maschinist alle Hebel zugleich in Bewegung setzen kann. *(Ab mit Franz durch die Mitte.)*

Neunte Scene.

Tanner (allein).

Er sagt: „Ich soll ruhig sein!" — Ja, Zeit wär's einmal, daß ich über Alles beruhigt sein sollt', eh' ich an den großen Ort der ewigen Ruh' gebracht werd'! Hm! der Himmel hat mir zwar ein langes Leben vergönnt, aber doch gibt's noch eine Menge Dinge, die mich zu der vielleicht unbescheidenen Bitt' veranlassen: „Lieber Gott! nur noch ein paar Jahr — damit ich das oder jenes noch erleben kann!"

Verwandlung.

(Park beim fürstlichen Schlosse, im Hintergrunde über einem breiten Bassin eine Marmorgruppe, links eine dichte Baumgruppe.)

Zehnte Scene.

Niclas, Mathilde, Rosa (treten von links auf).

Niclas (in einem, ihm nicht ganz passenden schwarzen Anzuge, weißer Cravate und strohgelben Handschuhen). Da sind wir! Ah! es weht doch eine ganz eigenthümliche Luft an einem Orte, den eine so hohe Persönlichkeit zum Aufenthalte gewählt hat — ein gewisses heraldisches Parfüm würzt die Atmosphäre!

Math. Ja, wenn man immer in solchen Regionen athmen dürfte!

Niclas. Wer weiß, was geschieht? — Der Fürst hat eigenhändig nach mir gefragt — er will mich sehen, und der Blick eines Fürsten ist wie ein Sonnenstrahl: auf wen er gnädig fällt, der wächst in die Höhe, ohne selbst zu wissen, wie.

Math. So trachte nur bald vorgelassen zu werden!

Niclas. Das will ich — promenirt Ihr indeß im Parke — ich lasse mich im Schlosse melden — meine Toilette ist doch in Ordnung?

Math. (ihn besehend). Deine Cravate ist etwas verschoben (richtet dieselbe) und hier (ihm mit dem Sacktuche den Aermel abstäubend) bist Du etwas staubig!

Ellfte Scene.

Vorige. Peter.

Peter (kömmt von rechts, Niclas erblickend, für sich). Da ist er schon! Jetzt nur bis zum rechten Moment aufhalten! (Tritt vor, laut zu Mathilden). Aber gnä — Frau! was hat denn der Herr Gemal gethan, daß's ihn gar so herunterputzen?

Niclas. Ah! wir sind durch den schmalen Laubgang gekommen, und da ist mir etwas hängengeblieben.

Peter. Na, das g'schieht oft, daß bei ein'm herrschaftlichen Beamten was hängen bleibt!

Niclas. Aber ich will nun zum Fürsten —

Peter. Aha! und der soll nichts merken! Aber ich glaub' schwerlich, daß Sie heut' mit ihm werden reden können!

Niclas (ihn geringschätzend über die Achsel ansehend). Wie kannst Du wissen —?

Peter. Hm! Ich hab' noch Connaissancen im Schloß — zwei meiner ehemaligen Schüler sein jetzt in herrschaftlichen Diensten!

Niclas (wie oben). Deiner Schüler? Ha ha ha!

Peter. Ja, es sein nämlich zwei Windspiel, die ich abg'richt hab' — die sein jetzt die Lieblingshund' vom Fürsten.

Niclas. Zur Sache! Woraus schließest Du, daß ich heute nicht vorkommen werde?

Peter. Weil mir der Leibjäger g'sagt hat, daß der Fürst heut' für Niemanden z'sprechen sein wollt', als für den Herrn Tanner —

Niclas. Tanner? — So heiße ja ich!

Peter. Weiß's schon — Sie müssen aber doch nicht der sein —

Niclas. Warum nicht?

Peter. Weil der Tanner bereits beim Fürsten ist, und ihn auf ein' Morgenspaziergang begleit' —

Niclas. (erstaunt). Schon beim Fürsten? Da wüßte ich doch Niemanden —

Peter. Hm! vielleicht der Herr Bruder — der Berthold —

Niclas. Der ist erst recht der Niemand! — Wie käme der in die Nähe des Fürsten? eine solche Null —

Peter. Hm! Nullen hinter Zahlen und selbst ein Niemand hinter großen Herren sein immer von Bedeutung! (Sieht in die Scene rechts.) Und da schaun's dorthin — dort kommt der Fürst —

Niclas (in die Scene sehend). Ha! Seine Durchlaucht! (Bückt sich sogleich sehr tief.)

Peter. Sie schnappen ja z'sauun wie ein Taschenfeidel! (Mehr für sich.) Curiose Leut'! thun immer 's Conträre — grad', wann's mit ein' Hohen z'thun haben, bucken sie sich, und wann's mit ein' Niedern z'thun haben, strecken sie sich in d' Höh'! (Laut zu Niclas.) Aber so schaun's nur auf, wer neben dem Fürsten geht?

Niclas (hebt den Kopf wieder etwas empor, sieht in die Scene, und schnellt, mächtig erstaunt, vollends in die Höhe). Ha! er — denn noch er!! und der Fürst — er spricht so eifrig mit ihm — jetzt legt er seine Hand auf seine Schulter — ich erstarre! (Wankt zurück und lehnt sich an Peter.)

Peter. Na, was lahnen's Ihnen denn an mich an? — Warten's! vielleicht lahnt Ihnen der Herr Bruder beim Fürsten ordentlich an!

Niclas (erschreckt). Ha! wenn er Revanche nähme — sich beim Fürsten über mich beklagte —

Peter. Da müssen Sie also früher den Wind abpassen — (Sieht wieder in die Scene.) Sie kommen daher — geb'n wir da hinter das Gebüsch — (Zieht Niclas hinter die Baumgruppe.)

Mathilde und Rosa (folgen ihnen rasch).

Zwölfte Scene.

Vorige (versteckt), **der Fürst, Berthold.**

Fürst (kommt mit Berthold, im Gespräch begriffen). Sie sind also ein dritter Sohn des Försters? von Ihnen hörte ich noch nie — und wähnte den Beamten aus meiner Baukanzlei vor mir zu haben!

Berth. Durchlaucht entschuldigen, daß ich in meiner Sehnsucht, so schnell als möglich die gewünschten Auskünfte zu geben, das Mißverständniß nicht gleich aufgeklärt — —

Fürst (heiter). Ich hätt' es selbst gleich errathen sollen, daß Sie keiner von meinen Beamten seien, denn von diesen hätte ich schwerlich ein so rasches und richtiges Urtheil vernommen! Aber es soll anders werden! Ich löse diese ganze Baukanzlei auf!

Niclas (ist horchend etwas auf dem Gebüsche hervorgekommen — erschreckt doch leise). Ich — ich werde angelöst —?!

Peter (leise). Aber nicht in Spiritus!

Berth. (für sich). Mein Bruder brodlos? (Laut zum Fürsten.) Durchlaucht! bei jeder Körperschaft gibt es mehr und minder Befähigte — wenn ich von meinem Bruder sprechen darf —

Niclas (wieder hervorguckend, leise). Jetzt geht's über mich los!

Fürst (zu Berthold). Sprechen Sie — was ist's mit diesem?

Berthold. Er nimmt zwar noch einen untergeordneten Rang ein, und doch wäre er vielleicht nicht im Stande gewesen, bezüglich der Herstellung des Wasserwerkes geeignete Vorschläge zu machen, wenn ich nicht früher mit ihm gemeinsam die Sache besprochen hätte —

Niclas (hoch aufhorchend für sich). Was sagt er?

Fürst. War denn Ihr Bruder hier?

Berth. Allerdings — aber nachdem wir uns bezüglich des Planes verständigt hatten, trieb ihn sein Pflichteifer nach der Stadt und in sein Bureau zurück, um alsogleich einen schriftlichen Bericht an Ew. Durchlaucht zu verfassen!

Niclas (wie oben). Trau ich denn meinen Ohren?

Peter (leise). O! auf Ihre Ohren können Sie sich schon verlassen!

Fürst (zu Berthold). Nun, so möge er mir seine Ausarbeitung vorlegen —

Niclas (leise). Jetzt wird's schön! Ich habe keine blasse Idee!

Berth. (zum Fürsten). Er hat sie gewiß vollendet, denn wenn es gilt, den leisesten Wunsch seines durchlauchtigsten Herrn zu erfüllen, ist er unermüdlich — opfert freudig Tage und Nächte —

Fürst. Wirklich — wirklich?

Berth. (feuriger). Wollen Durchlaucht überzeugt sein, daß nicht bloß Bruderliebe mich zum Lobredner macht, aber ein so treuer und zugleich tüchtiger Beamter dürfte nicht leicht zu finden sein!

Niclas (beschämt, leise). So — so reb't er von mir — und ich — —?!

Fürst (zu Berthold). Wenn er sich als dieß bewährt, werde ich mich seiner ferneren Dienstleistung zu versichern suchen. — Senden Sie sogleich nach ihm!

Berth. Er versprach ohnehin, heute noch zurückzukommen, und — (wendet sich gegen links) ja — ich seh' recht — er ist's! — Gestatten, Durchlaucht, daß ich sogleich —

Fürst. Ja — ja — führen Sie ihn hieher —

Berth. (tritt rasch hinter das Gebüsch kommt aber sogleich wieder mit Niclas heraus). Lieber Bruder! schon zurückgekommen?

Niclas (noch in äußerster Verlegenheit). Ja — (Bertholds Hand drückend, leise.) ich bin von so Manchem zurückgekommen!

Berth. (leise zu Niclas). Du hast vernommen, was ich gesprochen — richte darnach dein Benehmen. (Mit Niclas näher zum Fürsten tretend, laut.) Durchlaucht haben befohlen — (Niclas vorstellend) mein Bruder Niclas!

Niclas (sich tief verneigend). Durchlaucht! — die hohe Ehre — das Glück — ich finde gar keine Worte —

Fürst. Desto beredter war Ihr Bruder für Sie, und ich bin überzeugt, daß Ihr Wirken seine Worte rechtfertigt — Sie wollen mir ein Elaborat vorlegen —

Niclas (sehr verlegen). Ich — das heißt — allerdings — aber — ich fürchte nur —

Berth. (hat indeß heimlich ein Papier aus seiner Tasche gezogen, laut zu Niclas). Daß Se. Durchlaucht unserem Projecte seine Billigung versagen würde? — Ich war bereits so glücklich, dieselbe zu erhalten, und da deine schriftliche Ausarbeitung denselben Gegenstand erörtert —

Fürst. So werde ich diese nur als einen Beweis entgegennehmen, daß Sie (zu Niclas) auch unaufgefordert für meinen Nutzen thätig waren! Geben Sie also — —

Niclas (wie früher). Ich — die Schrift — (in Todesangst für sich) wenn ich nur wüßte — (Greift in Verlegenheit nach der Brust und dann nach den hintern Rocktaschen.)

Berth. Nur keine übertriebene Bescheidenheit! (Steckt ihm heimlich von rückwärts seine Schrift in die Hand.) Ueberreiche —!

Niclas (hocherfreut, sich vergessend laut). Da hab' ich was! (Sich rasch bemeisternd, doch auf's Neue verwirrt, sich vor dem Fürsten tief verbeugend.) Bitte unterthänigst um Vergebung — aber ich — ich glaubte —

Berth. Die Schrift vergessen zu haben!

Niclas. Ja — ja — das glaubt' ich! (Trocknet sich den Schweiß von der Stirne.) Aber da — wenn ich damit aufwarten darf — (Hält die Schrift hin.)

Fürst (will die Schrift nehmen).

Niclas (zuckt wieder mit der Hand zurück). Wenn's nur das rechte — —

Fürst (lächelnd). So lassen Sie doch sehen! (Nimmt ihm die Schrift ab und entfaltet sie.)

Niclas (ängstlich für sich). Er hat's! — wer weiß aber, was mir mein Bruder in die Hand gesteckt hat? Am Ende hat er mich erst recht blamirt!

Fürst (hat indeß einen Blick in die Schrift geworfen). Eine weitere Entwicklung des besprochenen Systems. — Es freut mich zu sehen, daß die brüderliche Liebe den Theoretiker mit dem practischen Techniker vereint hat — (tritt zwischen Beide — zu Berthold) Nehmen Sie also die Arbeit baldigst in Angriff, und Sie (zu Niclas) ertheilen bei dem Bau Ihren Rath — (betonend) Herr Baurath!

Niclas (vor freudiger Ueberraschung außer sich). Bau — Bau — Baubaurath? — Ich?! — Durchlaucht! eine solche Beförderung — wie soll ich meinen unterthänigsten Dank

Fürst. Danken Sie Ihrem Bruder, der mich auf Ihre Verdienste aufmerksam machte, durch deren Belohnung ich nicht nur Ihnen, sondern auch Ihrem alten biederen Vater eine Freude bereiten wollte —

Berth. Unserm guten Vater — ja, zu dem wollen wir —

Fürst. Sie können ihn hier erwarten, denn ich ließ ihn einladen, das Fest, welches er gestern im Familienkreise beging, heute auf meinem Schlosse zu wiederholen. Er und alle seine Angehörigen sind heute meine Gäste! — Auf Wiedersehen also — bei der Tafel! (Grüßt und geht nach rechts ab.)

Niclas (in fast wahnsinniger Freude den Hut schwenkend und dem Fürsten nachrufend). Vivat! Vive! Evviva! Éljen! Slava! Zivio! O Gott! es gibt gar nicht Sprachen genug, um diesen Fürsten zu bejubeln! Ich — ich — wirklicher Baurath! Wo ist meine Frau? Wo sind meine Kinder?

Dreizehnte Scene.

Vorige. Mathilde, Rosa, Peter
(aus dem Gebüsche tretend).

Math. (eilt auf Niclas zu). Hier sind wir, um Dir Glück zu wünschen.

Niclas. Was Glück wünschen? Das Glück ist schon da? Mahomed müßte auf seinen siebenten Himmel noch ein Stockwerk aufsetzen, um meine Glückseligkeit beherbergen zu können! Plötzlich so hoch gestiegen!!

Peter. Vergessen's nicht, wer Sie so hat steigen lassen! (Weist auf Berthold.)

Niclas (beim Anblicke Bertholds zusammenzuckend). Mein Bruder! (Senkt tief beschämt das Haupt.)

Berth. (steht mit über die Brust gekreuzten Armen und sieht Niclas lächelnd an, dann mit leisem Vorwurfe). Gelt, Niclas! 's ist doch gut, daß mich der Bruder Ambros gestern nicht, wie Du beantragt hast, aus seinem Haus' fortgeschafft hat?

Niclas (noch immer in demüthiger Stellung). Berthold! Ich fühl' es, Du hast glühende Kohlen auf mein Haupt gesammelt — ich habe Dir weh' gethan, und Du — —

Berth. (rasch wieder im herzlichen Tone). Ah was, wenn einen auch ein Bruder beleidigt hat, so darf man doch nicht vergessen, daß er ein — Bruder und was man einem Bruder schuldig ist! — Ich hab' also an Dir auch nur eine Schuld abgetragen! D'rum jetzt vergessen und vergeben, und von nun an — (breitet seine Arme aus) Herz an Herz!

Niclas (ergriffen). An dein Herz? Dann komme ich noch einmal an eine Stelle, die ich — nicht verdient habe — die ich aber verdienen will! (Sinkt an Bertholds Brust.)

Vierzehnte Scene.

Vorige. Launer, Ambros, Philippine, Katharina.

Launer und Ambros (treten zuerst von Links ein).

Kath und Philipp. (folgen, bleiben aber anfangs noch etwas im Hintergrunde stehen).

Ambros (froh überrascht). Berthold! Niclas! Ihr liegt Euch in den Armen?

Launer. Ausgeglichen und versöhnt?

Niclas. Vater! Bruder! wie er (auf Berthold weisend) an mir gehandelt hat, das kann ich ihm nicht vergelten!

Berth. So vergelt's an meinem Kind.
(Faßt Philippinens Hand.)
(Zu Niclas. Wie? Dieß Mädchen?
gleich.) Math. Ihre — Tochter?
Berth. Sie ist's, und wenn Ihr einwilligt, eure Schwiegertochter!
Math. Aber wer ist ihre Mutter?
Rath. (tritt vor). Ich werd' es sein, wenn (zu Berthold) Sie sich entschlossen haben —
Berth. Ja — das hab' ich —!
Rath. Und zu was?
Berth. Entschlossen, meiner Tochter die werthvollste Aussteuer zu geben — den ehrlichen Namen ihres Vaters!
Rath. Nun — und als mein Mann?
Berth. Würd' ich ein sehr reicher Mann, aber ich blieb doch ein erbärmlicher Cridatar, denn die heiligste Schuld — die an meine erste und einzig Geliebte, die Sabin' — blieb unbezahlt! — Nur wenn ich diese zu meiner Frau mach', gelingt's mir vielleicht auch diese Schuld ratenweis abzutragen!
Rath. (klatscht freudig in die Hände). Bravo! bravo! — das hab' ich erwart't!
Berth. (verwundert). Was? — Sie?
Rath. (lachend). Glauben's denn, ich hab' im Ernst mich Ihnen selber angetragen? Ha ha ha! Gott sei Dank! das hätt' ich noch nicht nöthig!
Berth. Aber warum denn?
Rath. Nur um der Sablu', die immer glaubt hat, daß Sie's nur aus Mitleid und Barmherzigkeit heiraten wollten, den Beweis vom Gegentheil zu liefern, hab' ich Sie auf die Prob' g'stellt — aber jetzt, wo Sie ihr zu Lieb ein großes Vermögen, und (scherzhaft auf sich selbst weisend) eine noch ganz saub're Frau ausschlagen — jetzt — (Sieht in die Scene links.)

Fünfzehnte Scene.

Vorige. Francisca, Sabine.

Sab. (eilt von links heraus und zu Berthold). Jetzt seh' ich, daß auch in deinem Herzen die alte Liebe nicht verrostet ist, und vertrauensvoll nehm' ich deine Hand an!
(Sinkt an seine Brust.)
Rath. (zu Sabinen). Und von mir nimm' zum Dank dafür, daß Du mich erzogen hast, die kleine Landwirthschaft als Aussteuer deiner Tochter an!

Sechzehnte Scene.

Vorige. Franz.

Franz (eilt von rechts herbei). Eine Landwirthschaft braucht einen Landwirth — ich melde mich zu diesem Posten! — Vater! Mutter! auf meinen Knien — (Kniet.)
Berth. (führt Phillppinen zu Niclas). Niclas, als neuer Baurath leg' den Grundstein zum Gebäude ihres Glückes!
Niclas. Ich darf Dir heute keine Bitte versagen — so sei's denn! (Legt Franz's und Philippinens Hände ineinander.)
Ambros. Laßt uns also die goldene Hochzeit unsrer Eltern mit der Hochzeit ihres Sohnes und der Verlobung ihrer Enkel beschließen!
Tanner (Francisca an sich ziehend). Alte! Selber glücklich sein, und nur Glückliche um sich sehen — muß das nicht auf's Neue jung machen? Wir sein zwar nicht mehr im Frühling, aber der Altweibersommer ist rein und heiter, und spinnt die Silberfäden der Lieb' um uns Alle!

Schlußgruppe.

Der Vorhang fällt.

E n d e.

56. Lief. **Frinl und Compagnie.** Charakterbild mit Gesang in 3 Akten, v. A. Barro. 12 Sgr. oder 60 Nkr.
57. — **Der Wunderdoktor.** Original-Lebensbild mit Gesang in 2 Akten, v. K. Gründorf. 12 Sgr. ob. 60 Nkr.
58. — **Der Mord in der Kohlmessergasse.** Posse in 1 Akt, nach dem Französischen von Alexander Bergen. 7½ Sgr. oder 35 Nkr.
59. — **Möbel-Fatalitäten.** Schwank in 1 Akt, von Anton Bittner. 6 Sgr. oder 30 Nkr.
60. — **Eine Vorlesung bei der Hausmeisterin.** Posse in 1 Akt, von Aler. Bergen. Zweite Auflage. 6 Sgr. oder 30 Nkr.
61. — **Eulenspiegel als Schnipfer.** Posse in 1 Akt, von A. Bittner. 6 Sgr. oder 30 Nkr.
62. — **Kling! Kling!** Posse in 1 Akt, von Morländer. 6 Sgr. oder 30 Nkr.
63. — **Ein weiblicher Diplomat,** oder: Was ein Mädchen aus Büchern lernt. Original-Lustspiel in 4 Akten, v. Charl. Bar. v. Graven. 10 Sgr. od. 50 Nkr.
64. — **Nur solid!** oder: Carnevalsabenteuer im Schlossergaffel. Faschingsposse mit Gesang und Tanz in 1 Akt, von L. Gottsleben. 7½ Sgr. oder 35 Nkr.
65. — **Am Allerseelentag,** oder: Das Gebet auf dem Friedhofe. Original-Volksschauspiel in 4 Abtheilungen nebst 1 Vorspiele: Ein gegebenes Wort, von Heinrich Hausmann. 12 Sgr. oder 60 Nkr.
66. — **Ein junger Gelehrter.** Lustspiel in 1 Akt. Nach d. Englischen v. Aler. Bergen. 6 Sgr. oder 30 Nkr.
67. — **Die Frau Wirthin.** Charakterbild mit Gesang in 3 Akten, v. Friedr. Kaiser. 12 Sgr. oder 60 Nkr.
68. — **Die Milch der Eselin.** Posse mit Gesang in 1 Akt. Nach d. Französ. von A. Bittner. 6 Sgr. oder 30 Nkr.
69. — **Etwas Kleines.** Charakterbild mit Gesang in 3 Akten, von Friedr. Kaiser. 12 Sgr. oder 60 Nkr.
70. — **Ein Guldenzettel.** Original-Schwank in 1 Akt, von Carl Gründorf. 7½ Sgr. oder 35 Nkr.
71. — **Die Studenten von Nummelstadt.** Genrebild mit Gesang u. Tanz in 3 Akten, von Carl Haffner. 12 Sgr. oder 60 Nkr.
72. — **Der neue Don Quichotte.** Lustspiel in 1 Akt, u. d. Franz. von A. Bergen. 6 Sgr. oder 30 Nkr.
73. — **Ein Fuchs.** Posse mit Gesang in 3 Aufzügen, von Carl Juin. 12 Sgr. oder 60 Nkr.
74. — **Er compromittirt seine Frau.** Lustspiel in 1 Akt. Nach d. Französ. v. Moreno. 7½ Sgr. ob. 35 Nkr.
75. — **Therese Krones.** Genrebild mit Gesang u. Tanz in 3 Akten, von Carl Haffner. 12 Sgr. oder 60 Nkr.
76. — **Eine Ausnahme von der Regel.** Lustspiel in 1 Aufzuge, von Alois Berla. 6 Sgr. oder 30 Nkr.
77. — **Zwei Testamente.** Charakterbild mit Gesang in 3 Aufzügen, von Fr. Kaiser. 12 Sgr. oder 60 Nkr.
78. — **Drei Viertel auf Eilf.** Schwank in 1 Akt, von M. A. Grandjean. 6 Sgr. oder 30 Nkr.
79. — **Einen Jur will er sich machen.** Posse mit Gesang in 4 Aufzügen, von Joh. Nestroy. Zweite Auflage. 12 Sgr. oder 60 Nkr.
80. — **Nur nicht reden!** Dramatischer Scherz in 1 Akt, von C. F. Stir. 6 Sgr. oder 30 Nkr.
81. — **Unrecht Gut!** Charakterbild mit Gesang in 3 Akten und 1 Vorspiele von Fr. Kaiser. 12 Sgr. ob. 60 Nkr.
82. — **Mein Fräulein Bruder.** Lustspiel in 1 Akt, von Alexander Bergen. 6 Sgr. oder 30 Nkr.
83. — **Des Krämers Töchterlein.** Original-Charakterbild in 3 Akten von Fr. Kaiser. 12 Sgr. od. 60 Nkr.
84. — **Nur keine Protection.** Posse mit Gesang in 2 Akten, von Ant. Bittner. 6 Sgr. oder 30 Nkr.
85. — **Die beiden Nachtwächter,** od: Ein Spuk in der Faschingsnacht. Posse m. Gesang u. Tanz in 3 Akten von C. Haffner u. J. Pfundheller. 12 Sgr. o. 60 Nkr.
86. — **Die Bürgermeisterwahl in Krähwinkel.** Schwank mit Gesang in 1 Akt, von Juin und Klerr. 7½ Sgr. oder 35 Nkr.
87. — **Eine Feindin und ein Freund.** Posse mit Gesang in 3 Akten v. Fr. Kaiser. 12 Sgr. ob. 60 Nkr.
88. — **Er kann nicht lesen.** Posse in 1 Akt, von M. A. Grandjean. 7½ Sgr. oder 35 Nkr.
89. — **Ferdinand Raimund.** Künstler-Skizze mit Gesang in 3 Akten von Carl Elmar. Zweite Auflage. 12 Sgr. oder 60 Nkr.

90. Lief. **Der Zigeuner.** Genrebild mit Gesang in 1 Akt, von A. Berla. 7½ Sgr. oder 35 Nkr.
91. — **Ein Lump.** Original-Posse mit Gesang in 3 Akten von Friedrich Kaiser. 12 Sgr. ob. 60 Nkr.
92. — **Domestikenstreiche.** Posse mit Gesang in 1 Akt von A. Bittner. 7½ Sgr. oder 35 Nkr.
93. — **Verrechnet.** Charakterbild mit Gesang in 3 Akten von Friedrich Kaiser. 12 Sgr. oder 60 Nkr.
94. — **Mein Bär und meine Nichte.** Posse in 2 Akten n. d. Franz. von Aler. Bergen. 7½ Sgr. od. 35 Nkr.
95. — **Die Gezeichnete,** od.: Russe und Franzose. Schauspiel in 3 Abtheilungen und 4 Akten von C. J. Folnes. 12 Sgr. oder 60 Nkr.
96. — **Auf der Bühne und hinter den Coulissen.** Schwank mit Gesang in 2 Bildern von Ludwig Gottsleben. 10 Sgr. oder 50 Nkr.
97. — **Severin von Jaroszyndkl** oder: Der Blaumantel vom Trattnerhof. Genreblb mit Gesang und Tanz in 4 Akten (als Seitenstück zu „Therese Krones") von Carl Haffner und J. Pfundheller. 12 Sgr. oder 60 Nkr.
98. — **Der dreizehnte Mantel.** Posse in 1 Akt, von Anton Bittner. 7½ Sgr. oder 35 Nkr.
99. — **Palais und Irrenhaus.** Charakterbild mit Gesang in 2 Akten, v. Fried. Kaiser. 12 Sgr. od. 60 Nkr.
100. — **Er ist ein Narr.** Posse in 1 Akt, von Morländer. 6 Sgr. oder 30 Nkr.
101. — **Die Rekrutirung in Krähwinkel.** Burleske m. Ges. in 1 Akt, von Th. Flamin. 7½ Sgr. od. 35 Nkr.
102. — **Das tägliche Brod.** Charaktergemälde mit Gesang in 3 Akten, v. Alois Berla. 12 Sgr. od. 60 Nkr.
103. — **Einen Namen will er sich machen.** Lustspiel in 1 Akt, von Grandjean. 7½ Sgr. oder 35 Nkr.
104. — **Die Sternenjungfrau.** Romant.-komisches Märchen mit Gesang und Tanz in 3 Abtheilungen, von Carl Haffner. 12 Sgr. oder 60 Nkr.
105. — **Wem gehört die Frau?** Schwank in 1 Aufzuge n.d. Franz. von Th. Flamin. 7½ Sgr. od. 35 Nkr.
106. — **Er will nicht sterben.** Dramatischer Scherz in 1 Akt, von C. F. Stir. 7½ Sgr. od. 35 Nkr.
107. — **Jagd-Abenteuer.** Posse mit Gesang in 2 Akten, von Friedrich Kaiser. 8 Sgr. oder 40 Nkr.
108. — **Die lange Nase.** Posse mit Gesang in 1 Akt, von Carl Haffner. 7½ Sgr. oder 35 Nkr.
109. — **Die Verlassene.** Volksdrama in 5 Abtheilungen, nach dem Französischen frei bearbeitet von Th. Megerle. 12 Sgr. oder 60 Nkr.
110. — **Nach dem Balle.** Lustspiel in 1 Akt. Frei nach dem Französ. von A. Duege. 7½ Sgr. ob. 35 Nkr.
111. — **Das Vorhängeschloß.** Posse in 1 Akt (nach dem Englischen „The Padlock"), von Carl Juin (Giugno). 7½ Sgr. oder 35 Nkr.
112. — **Die Teufelsmühle am Wienerberg.** Oesterr. Volksmärchen mit Gesang in 4 Akten, von Leopold Huber. 12 Sgr. oder 60 Nkr.
113. — **Redoute und Narrenhaus.** Schwank in 1 Akt in 2 Bildern von C. F. Stir. 7½ Sgr. od. 35 Nkr.
114. — **Ein armer Webersgesell.** Originalposse mit Gesang in 3 Akten, von C. Julius. 12 Sgr. ob. 60 Nkr.
115. — **Freundschaftsdienste.** Lustspiel in 1 Akt, von C. Juin (Giugno). 7½ Sgr. oder 35 Nkr.
116. — **Mein Album.** Lustspiel in 1 Akt. Nach dem Französ. von Mar Stein. 7½ Sgr. oder 35 Nkr.
117. — **Die Armen und Elenden.** Bilder aus dem französischen Volksleben mit Gesang u. Tanz in 2 Abtheilungen und 8 Tableaur, nach Victor Hugo's Roman (Les misérables) frei bearbeitet von Therese Megerle. 12 Sgr. oder 60 Nkr.
118. — **Hoffen und Harren.** Schwank in 1 Akt, von M. A. Grandjean. 7½ Sgr. oder 35 Nkr.
119. — **Naturmensch und Lebemann.** Charakterbild mit Ges. in 3 Akten, v. Friedr. Kaiser. 12 Sgr. ob. 60 Nkr.
120. — **Eine Nase für 1000 Pfund.** Burleske in 1 Akt, von C. Arram. 7½ Sgr. oder 35 Nkr.
121. — **C. S. S.,** oder: Die Ausstaffirung. Posse in 1 Aufz., v. C. Juin (Giugno). 7½ Sgr. od. 35 Nkr.
122. — **Nichts!** Posse mit Gesang in 3 Akten, von Friedrich Kaiser. 12 Sgr. oder 60 Nkr.

123. Lief. **Aus Liebe sterben!** Lustspiel in 1 Akt. Nach dem Engl. von Aler. Bergen. 7½ Sgr. ob. 35 Nkr.
124. — **Der Gesandtschafts-Attaché.** Lustspiel in 3 Akten. Nach d. Französ. v. Al. Bergen. 12 Sgr. ob. 60 Nkr.
125. — **Gewohnheiten.** Lustspiel in 1 Akt. Nach dem Französischen von M. Stein. 7½ Sgr. ob. 35 Nkr.
126. — **Nach vierzig Jahren.** Lustspiel in 1 Aufzuge, von A. Scholz. 7½ Sgr. ober 35 Nkr.
127. — **Die rothe Liesel.** Charakterbild mit Gesang in 1 Abth. u. 1 Vorsp. unter dem Titel: Eine Selbstmörderin. Von Betti Poyng. 12 Sgr. ob. 60 Nkr.
128. — **Ein ungeschliffener Diamant.** Genrebild in 1 Aufzuge. Nach dem Französischen von Alexander Bergen. 7½ Sgr. ober 35 Nkr.
129. — **Die Erzieherin.** Schauspiel in 4 Akten, von Paul Foucher. Nach dem Französischen von Mar Stein. 12 Sgr. ober 60 Nkr.
130. — **Immer zu Hause.** Lustspiel in 1 Akt, von M. A. Grandjean. 7½ Sgr. ober 35 Nkr.
131. — **Sand in die Augen.** Lustspiel in 2 Akten, von Labiche u. Martin. Deutsch von Alexander Bergen. 10 Sgr. ober 50 Nkr.
132. — **Localsängerin und Postillon.** Posse mit Gesang in 3 Akten. Von Fr. Kaiser. 12 Sgr. ober 60 Nkr.
133. — **Schwesterliebe!** Lustspiel in 1 Akt, nach dem Englischen von Al. Bergen. 7½ Sgr. ober 35 Nkr.
134. — **Montjoye.** Schauspiel in 5 Akten u. 1 Nachspiel, von Octave Feuillet. Deutsch von Marie Saphir. 12 Sgr. ober 60 Nkr.
135. — **Regen und Sonnenschein.** Lustspiel in 1 Akt, von Léon Gozlan. Deutsch von Alexander Bergen. 7½ Sgr. ober 35 Nkr.
136. — **Eine fixe Idee.** Lustspiel in 1 Akt von M. A. Grandjean. 7½ Sgr. ober 35 Nkr.
137. — **Die Jungfer Tant'.** Volkstomödie mit Gesang in 3 Akten mit 9 Bildern. Von Alois Berla. Musik von O. Storch's Sohn. 12 Sgr. ober 60 Nkr.
138. — **Nur Mutter.** Lustspiel in 2 Akten, nach dem Französischen v. Aler. Bergen. 10 Sgr. ober 50 Nkr.
139. — **Die Aepfel des Nachbars.** Posse in 3 Akten, von Victor Sardos. Nach dem Französischen vom Hohenmarkt. 12 Sgr. ober 60 Nkr.
140. — **Zwei Witwen.** Lustspiel in 1 Akte, von Felicien Mallefille. Deutsch von Alexander Bergen. 7½ Sgr. ober 35 Nkr.
141. — **Gute Nacht, Rosa!** Dramatisches Genrebild in 1 Act, von Friedrich Kaiser. 6 Sgr. ober 30 Nkr.
142. — **Ein alter Sünder.** Charakterbild mit Gesang u. Tanz von Vincenz Birzel. 12 Sgr. ober 60 Nkr.
143. — **Der arme Marquis.** Schauspiel in 2 Acten von Dumanoir und Lafargue. Deutsch von Alexander Bergen. 12 Sgr. ober 60 Nkr.
144. — **Eine leichte Person.** Posse m. Gesang in 3 Abth. u. 7 Bildern von A. Bittner. 12 Sgr. ob. 60 Nkr.
145. — **Der schöne Fleischhauer.** Lustspiel in 1 Akt, nach dem Franz. von Aler. Bergen. 7½ Sgr. ob. 35 Nkr.
146. — **Der Soldat im Frieden.** Charakterbild mit Gesang, Tanz, Tableaur ꝛc., in 3 Akten von Friedrich Kaiser. 12 Sgr. ober 60 Nkr.
147. — **Toftl.** Von Wien nach London. Komische Scenen von Anton Bittner. 6 Sgr. ober 30 Nkr.
148. — **Die Räuberbraut.** Posse mit Gesang und Tanz in 3 Akten und 9 Bildern von Carl Elmar. 12 Sgr. ober 60 Nkr.
149. — **Ein Stilleben auf dem Lande.** Posse in einem Aufzuge v. G. Juin u. L. Flerr. 7½ Sgr. o. 35 Nkr.
150. — **Der Mensch denkt —.** Lebensbild mit Gesang in 3 Abtheil. Von Frieder. 12 Sgr. ober 60 Nkr.
151. — **Der Sohn des Silvoyer.** Schauspiel in 5 Acten von Emil Augier. Deutsch von Marie Saphir. 16 Sgr. ober 85 Nkr.
152. — **Mutterglück.** Lustspiel in 3 Acten von Dumanoir. Deutsch v. Dr. Hauns Hopfen. 10 Sgr. ober 50 Nkr.
153. — **Der Stiefvater.** Lustspiel in 1 Akte, nach Laurencin und Marc-Michel von M. A. Grandjean. 7½ Sgr. ober 35 Nkr.
154. — **Auf dem Christbaum.** Posse mit Gesang in 3 Akten, v. Fr. Kaiser. 12 Sgr. ob. 60 Nkr.
155. Lief. **Die beiden Sekretäre.** Lustspiel in 1 Akte, von Anton Bittner. 7½ Sgr. ober 35 Nkr.
156. — **Das Soldatenkind.** Volksstück mit Gesang und Tanz in 2 Abtheilungen u. 6 Bildern nebst 1 Vorspiele, v. Theob. Flamm. 12 Sgr. ober 60 Nkr.
157. — **Der Blaubart.** Lustspiel in 1 Akte, von M. A. Grandjean. 10 Sgr. ober 50 Nkr.
158. — **Haus Rohrmann**, oder Cajus und Sempronius. Original-Charakterbild mit Gesang in 3 Acten von Friedrich Kaiser. 12 Sgr. ober 60 Ngr.
159. — **Das war ich.** Eine ländliche Scene. Von Johann Hutt. Zweite Auflage. 8 Sgr. ober 40 Nkr.
160. — **Vergnügungszügler.** Posse mit Gesang in 2 Acten und vier Bildern. Nach dem Französ. „La Cagnotte" v. G. F. Stir. 10 Sgr. ob. 50 Nkr.
161. — **Die Schuld einer Frau.** Drama in drei Acten von G. Girardin. Deutsch von Mar Stein. 10 Sgr. ober 50 Nkr.
162. — **Die fesche Gobl.** Stizzen aus dem Wiener Volksleben mit Gesang in 3 Abtheilungen und 6 Bildern v. Ferd. Heim. 12 Sgr. ob. 60 Nkr.
163. — **Die Schwäbin.** Lustspiel in einem Aufzuge von J. F. Castelli. Zweite Auflage. 7½ Sgr. ober 35 Nkr.
164. — **Gabriele.** Drama in drei Acten. Nach der „Valerie" der Herren Scribe und Melesville. Von J. F. Castelli. Zweite Auflage. 7½ Sgr. ober 35 Nkr.
165. — **Unsere Lehrbuben.** Volksposse mit Gesang und Tanz in 3 Acten von Alois Berla. 12 Sgr. 60 Nkr.
166. — **Ambo solo!** Original-Posse in drei Acten von Julius Rosen. 10 Sgr. 50 Nkr.
167. — **Der damonische Stiefel.** Posse in 1 Act von Carl Juin (Giugno). 7½ Sgr. ob. 35 Nkr.
168. — **Ein jüdischer Dienstbote.** Charakterbild mit Gesang in 3 Acten v. C. Elmar. 12 Sgr. ob. 60 Nkr.
169. — **Unter'm Christbaum.** Lebensbild mit Gesang in 1 Act von Carl Elmar. 7½ Sgr. ober 35 Nkr.
170. — **Verdächtig!** oder der Herr Vetter. Posse mit Gesang in 2 Acten von A. Berla. 10 Sgr. ob. 50 Nkr.
171. — **Die Mozart-Geige**, oder: Der Dorfmusikant und sein Kind. Charaktergemälde in 3 Acten nebst einem Vorspiele von C. Elmar. 12 Sgr. ob. 60 Nkr.
172. — **Die Blumen-Nettel**, oder: Der Herr Director. Original-Lebensbild mit Gesang in 3 Acten von Friedrich Kaiser. 12 Sgr. ober 60 Nkr.
173. — **Ein liebenswürdiger Mensch.** Lustspiel in 1 Acte nach dem Französischen von Mar Stein. 7½ Sgr. ob. 35 Nkr.
174. — **Die von der Nadel.** Bilder aus dem Volksleben in 3 Abtheilungen mit Gesang von Alois Berla. 12 Sgr. 60 Nkr.
175. — **Die neue Wirthschafterin.** Posse mit Gesang in 1 Act von Alois Berla. 7½ Sgr. ob. 35 Nkr.
176. — **III. Buch, I. Capitel.** Lustspiel in einem Aufzuge von Carl Juin (Giugno) und Louis Flerr. 7½ Sgr. ob. 35 Nkr.
177. — **Ein Findelkind.** Charakterbild mit Gesang von Carl Elmar. 6 Sgr. ober 30 Nkr.
178. — **Leute von der Bank.** Charakterbild mit Gesang in drei Akten von Fr. Kaiser. 12 Sgr. ob. 60 Nkr.
179. — **Ein Faschings-Souper.** Posse in einem Aufzuge von Alois Berla. 7½ Sgr. ober 35 Nkr.
180. — **Des Teufels Zopf.** Posse mit Gesang u. Tanz in drei Aufzügen von Carl Juin (Giugno) und Louis Flerr. 12 Sgr. ober 60 Nkr.
181. — **Ein vergessenes Lied.** Charakterbild in einem Aufzuge von C. Elmar. 7½ Sgr. ob. 35 Nkr.
182. — **Ein armer Millionär.** Originalposse m. Gesang in 3 Acten v. Th. Flamm. 12 Sgr. ob. 60 Nkr.
183. — **Der schönste Zopf.** Komisches Zeitbild m. Gesang in einem Acte von C. Elmar. 7½ Sgr. ob. 35 Nkr.
184. — **Alte Schulden.** Original-Lebensbild m. Gesang und Tanz in drei Acten von Friedrich Kaiser. 12 Sgr. ober 60 Nkr.

Druck und Papier von Leopold Sommer in Wien.